騎士と坑夫

挿画：San Gertz Nigel Nina Ricci
装丁：別府大悟

騎士と坑夫

高野吾朗

騎士と坑夫
❖目次❖

- にらめっこ …… 10
- 詩歌政策 …… 14
- もやい直しの時刻 …… 20
- 鹿 …… 26
- 塔と卵 …… 33
- 人形遊び …… 37
- 十二月八日 …… 42
- 墜落 …… 46
- 完全試合 …… 51
- 覗き穴の向こう側 …… 57
- 最後に見たもの …… 61
- 耳 …… 65
- 何も想い出せない …… 70
- 珈琲中毒 …… 77
- 国宝 …… 84
- 退屈な二人 …… 90
- 騎士と坑夫 …… 97
- 「ああ」 …… 103

ロシナンテの描き方 …………………… 107

プラスチックだらけ …………………… 113

レジスタンス …………………………… 117

亡命 ……………………………………… 122

育てる …………………………………… 126

逆光 ……………………………………… 132

たまゆらの踏切 ………………………… 138

名誉毀損 ………………………………… 144

無人駅の記念帳 ………………………… 150

赤い靴 …………………………………… 155

甲虫 ……………………………………… 160

鐘 ………………………………………… 166

笑顔の作り方 …………………………… 171

洗い場の黙示録 ………………………… 177

ボランティア …………………………… 183

衝突 ……………………………………… 188

真夜中のヒドラ ………………………… 193

些細な神話 ……………………………… 200

騎士と坑夫

にらめっこ

誰かに気づかれるずっと前から
その蟬は地に堕ちたままの姿で
必死に　羽をばたつかせながら
ゆっくりと　死へ向かっていた

はるか上空を　自在に飛び回り
様々な場で自由に啼いた記憶が
蘇っている最中のごとき　その
眼の真実は　誰にもわからない

仰向けのまま　静まりはじめた
蟬の姿に初めて気づいた人影が
その顔をじっと見る　さながら
にらめっこでも挑むかのようだ

「子供なんか欲しくもないのに
どうしてこんなに　作れ作れと
言われ続けてしまうのか？」と
思いながら　影が変顔を始める

「独りだからこそ多くの他人と
連帯できる　そんな私の考えは
誤りか？」　蟬の顔があまりに
滑稽で思わず笑う　影の負けだ

蝉の最後がもうすぐだと気づき
蟻たちがだんだん集まってくる
朝が過ぎた頃　二番目の人影が
軽蔑顔で蝉の前にしゃがみ込む

「おまえらの啼き声は大嫌いだ
人間社会にとって迷惑なだけだ
私を虐げてきた親たちの世代と
瓜二つだ」　影が変顔を始める

「ガラス越しに老親と面会した
私が誰か　もうわからぬらしい
おまえの啼き声のように延々と
『誰かを殺したかも！』と喚き

目の前のガラスを私と勘違いし
私の名で呼んだ　蝉のことさえ
私だと思うかも」　変顔に疲れ
寂しげに去る影を見送る蝉の眼

蝉の死体を取り囲む　蟻たちの
動きがいったん止まる　まるで
解剖実習の直前に　献体された
命へ頭を下げる医学生のようだ

はらわたを徐々に食われる蝉の
眼に夕陽が照る　新たな人影が
それを同情顔でじっと見つめる
「君も競い合いに負けたのか」

変顔をする気力さえなさそうな
その人影が同じ言葉を繰り返す
「いま啼いているどの蟬たちも
君のためになんか啼いてない」

蟬の両眼を濡らすのは涙なのか
それとも降り始めた雨粒なのか
陽が落ち　人も蟻も　蟬の声も
消えた闇に残るのはこの眼だけ

剽軽そうなその球体に映るのは
何なのか　その何かを　永遠に
笑わせようと努めるかのごとく
またにらめっこが密かに始まる

詩歌政策

「私には　他人に誇れるような学などなく
おまけにすごく短気で　苛々してばかりで
そのくせ　何も考えぬまま　徒労の日々を
送ってばかりの人間です　あなたのような
人に愛してもらえる資格などありません」

そう言って　去っていこうとするあなたを
このまま失ってしまいたくない　ただその
一心で　横断歩道を慌てて走った私の前に
急に現れたのは　車に轢かれ　無残な姿で
路上に横たわるもう一人の私の遺体だった

遺体の周囲に集まった通行人たちの口から
過労死？戦死？自殺？暗殺？獄死？溺死？
安楽死か？病死か？孤独死か？自然死か？
と　見当違いの憶測が飛ぶ　それら全てが
なぜか正解のような気がしつつ　私はまた

走り出す　本当の行先を思い出したからだ
早く行かないと　死ぬほど長いあの行列に
またもや並ばないといけない　並んだ末に
手に入れられるのは「幸福」らしいのだが
具体的に何が購入できるかは不明のままだ

ああ　やはり長蛇の列だ　どこまで続いて

いるのだろう　最後尾で息を整えていると
私の前の人物が振り向いて話しかけてきた
「失った自分の体に戻りたがっている人が
こんなにいるとは　売り切れが心配です」

私の後ろに次々と　人々が並んでいくのを
感じながら　去り際のあなたの言葉をまた
思い出す　「私の世界の言語を　あれほど
学ぶと約束したくせに　あなたもやっぱり
嘘つきだ　これまでの相手と全く同じだ」

私の目の前に　一人の男が割り込んできた
注意しようとすると　必死で抗弁してきた
「君たちのために戦った挙句　使いものに
ならない体になったこの俺が　以来ずっと
反戦活動に人生を捧げてきたのはなぜか？

それが君たち全員のためにもなるからだ」
返す言葉がないまま　しぶしぶ割り込みを
許してやると　後ろで「非人情！」という
鋭い声があがる　罵声だろうか　それとも
賞賛だろうか　すると今度は　一人の女が

無理に割り込んできた　制しようとすると
必死で抗弁してきた　「なぜ専門家だけが
優遇されてばかりなのです？　専門家では
ない人間の生き様を　無視してばかりいて
それで社会と言えます？　私たちの沈黙に

耳を傾けないのなら　こうするのみです」

割り込みをまた許した途端　後方から再び
「非人情！」の大合唱だ　どんな顔をして
叫んでいるのかと思い　初めて振り返ると
真後ろにいたのは　まだあどけない子供で

まるで　私の後に並んでいる全ての人間を
代表するかのように　私の袖を指でつまみ
しきりに引っ張っている　なんだか誰かに
似ている　誰だろう　そう考え始めた私の
そばをゆっくり通り過ぎた制服姿の老人が

並んでいる一人一人に対し　丁寧な口調で
何やら口上を述べ始めた　「皆様が　今日
お買い求めになったものが　後日ご不要と
なった場合は　ご遺族のため　歴史のため
そして私の生活維持のために買取ります」

行列が前へ前へと動き始めた　後ろの方で
「もうすでに売り切れたのではないか？」
「販売所が無人というのは本当なのか？」
「無断で盗んでも別に問題ないのでは？」
と　噂が飛び交う　すると急に　さっきの

制服姿の老人が　私の前に割り込んできて
またも丁寧な口調で　「今日はここで全て
売り切れです　ここから後ろの方は　もう
お帰り下さい」と告げる　「非人情だ！」
そう叫びながら行列から離れた　私を含む

後続の人々が　たまたまあの日の生存者と

なったのだった　そしてあの日　たまたま
私より前に並んでいた人々が　一斉処理の
対象となったのだ　その事実を知ったのは
数日後のことだ　報道番組の情報によると

「詩歌政策」という奇妙な名の強権発動の
結果　私よりも前に並んでいた人々のみが
「視界に立ち現れているものにだけ霊魂は
宿る」と信じる高等市民と判定され　逆に
私から後の人々が「霊界は視界にはなく

思考の研鑽がなければ凝視は不可能」だと
今なお信じる愚民と判定されたのだそうだ
そして前者が「幸福」を得たというわけだ
あの割り込みが仮になかったとしたら　と
思い返す私の脳裏に浮かぶのは　真後ろに

並んでいた子供の顔だ　あの子もいつかは
「私は短気」と嘆くのだろうか　その時は
「君は率直で正直なだけ」と諭してやろう
「学もなく　おまけに何も考えてない」と
自己否定したりもするだろうか　その時は

「それは向上心と生命力の裏返しだよ」と
言い聞かせてやろう　それにしても　私の
前で行列が引き裂かれたあの時　あの子は
私の袖を　まだ引っ張っていただろうか？
私を前へと押そうとはしていなかったか？

行列を離れたあの後　私はあの横断歩道へ

改めて戻ったのだった　路上の私の遺体は
花々に囲まれていた　幻の中で美しく死ぬ
私と　現実の只中を汚く生き抜くこの私と
どちらが幸福か　わからぬままの夜だった

もやい直しの時刻

闇の中　互いの背をくっつけて床に就いている　君と私
闇が海ならば　二人はどちらも一艘の小舟だ　荒波の中
汚水で黒ずむ海上で　二艘の間の距離は広がりつつある

海の藻屑と化す恐怖に眠れないらしく　君が小声で問う
「幼稚園に入る以前の記憶で　鮮明に覚えているものが
一つでもある？」　私に問うたのか　自らに問うたのか

私の当時の記憶の中に　共働きだった両親の姿は皆無だ
浮かんでくるのは　寝たきりの病身の祖父が　朝も晩も
天井を睨みながら休むことなく独り言を唱え続ける姿と

私を愛し　朝から晩まで休むことなく　私の世話をする
祖母の姿だ　自らにとって唯一無二である孫の手を引き
祖母は毎日　雨の日も風の日も　町中を散歩して歩いた

そして毎日　飽きることなく　同じ遊びを私と楽しんだ
目に入る建物を　思いつきで順番に指さしていき　その
中に隠されている秘密を想像し　即興で説明する遊びだ

杖がなければ歩くのも一苦労の老体となってしまった今
かろうじて思い出される　祖母との「遊び」の思い出の
一つ目は　町で最も古い伝統を誇る進学校の木造校舎だ

祖母が言うには　その内部に人間は一人もおらず　羊や

水牛　山羊や駱駝　鯨や象といった夥しい野生の群れが
上へ下へとひっきりなしに移動を続けているのだそうだ

この国は食料の輸入が止まるとすぐ滅びてしまうのだと
祖母が続けて言ったような気もするが　当時の幼い私に
「輸入」などわかるわけがない　次に思い出されるのは

町で今なお最も巨大な敷地を有する発電所だ　得意げに
私は説明した　あの建物が立っているのは　月の表側で
エレベーターではるか地下に降りると　月の裏側に着く

そこはまだ誰のものでもなく　住んでいるのは神様だけ
私の説明に微笑みつつ　祖母はたしかこう言ったはずだ
残念ながら　何もないように見えるその無重力の世界も

実は人間が作ったものなのだ　すでに人間の土地なのだ
祖母との「遊び」の思い出はこれだけだと思っていたが
荒れ狂う闇の海の中　汚染された海面に翻弄されながら

もう一つだけ思い出した　それはとてつもなく暑い日で
祖母によると　その日からしばらくの間は　家の中でも
外でも常に裸でいないと　逮捕され刑務所行きだという

ぎらぎらと輝く太陽の下　祖母と二人して　裸のままで
町を散歩すると　路上の人々は一人残らず服を着ており
不安になって祖母を見上げると　その顔はまるで異教の

世界に初めて迷い込んだ宣教師さながらだった気がする
行きかう人々の好奇と畏怖の視線にひたすら耐えながら
歩いていると　超高層ビルの入り口から　私と同年代の

子供が独りで外に出てきた　その子のシャツには英語で
MAKE LOVE NO WARと　たしか書いてあったはずだ
おい　逮捕されるぞ！　見知らぬその子に　思い切って

そう呼びかけるべきか否か　私が迷っていると　祖母が
ビルの最上階を見上げながら呟いた　これは　渡り鳥の
休憩塔なのだ　無数に並ぶどの穴も部屋の入り口なのだ

ここで寝泊まりする鳥が増えれば増えるほど　この塔は
さらに高くなる　鳥たちは死んだ人間の魂も連れてくる
一つだけではとても足りず　こんな塔が町中にあるのだ

壁という壁が蔦に覆われている　すぐ近くの館の中へと
シャツ姿の子供が姿を消すと　その玄関を見つめながら
祖母が再び「遊び」を始めた　あれは蒐集家の家なのだ

「蒐集」とは何だろう　孫の無知などいっさい気にせず
祖母は続けた　あの館の中には　同じ格好の裸の銅像が
たくさん陳列してある　どの像も首から上が消えている

どの銅像も　自分の首を　まるでドッジボールのように
両手で捧げ持っていて　おまけに自分の方へ向けている
どの銅像にも名前はなく　どこかに売られることもない

どの銅像もいわば複製だ　蒐集家はとても貧乏なくせに
とても誇り高く　常に億万長者気取りだ　良心も善意も
進歩も全てくそくらえと思っていて　外出が嫌いなのだ

私を独り路上に残し　祖母が館の玄関を開けて　中へと

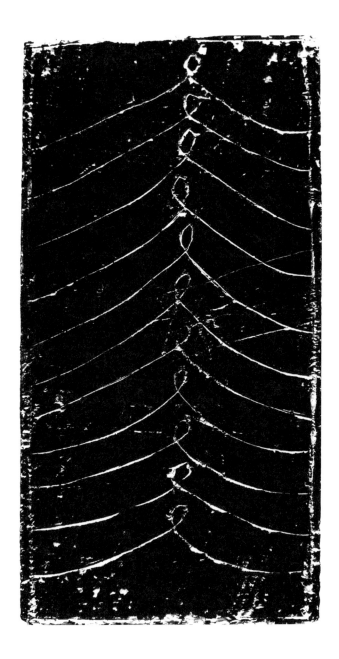

姿を消してから　ものすごく長い時間が経った気がする
泣きながら家に帰ると　私は矢も楯もたまらず　祖父の

枕元に座った　彼の独り言はいつも通りだ　「この国の
葬式のやり方は昔からずっと一緒だ　弔いに来た人間は
遺体の前で　自分の顔を自らの長い爪で　何度も何度も

かきむしり　血だらけにしないといけない　さもないと
無礼者扱いだ　わしの葬式でも　皆そうせねばならぬ」
だが　祖母がいなくなったと告げた途端　祖父は初めて

異なる言葉を発した　「あいつはな　おまえが生まれる
はるか以前に死んでおる　名誉の戦死だ　わかるか？」
もちろん　当時の私に　そんなことがわかるわけがない

「この国は自らの責任を早く忘れたくて　わしらの死を
今か今かと待っておるんだ！」　祖父の声が久しぶりに
心の中をこだましたかと思うと　続いて闇の海のはるか

彼方から君の声がまた聞こえる　「地球上の生物の中で
最も早く絶滅しそうなのは　巨大なものか　微小なもの
そのどちらからしい」　ここからは君の幼年時の記憶だ

全裸の奇妙な二人組を　路上で偶然　目撃した幼き君は
怯えながら自宅に戻り　自分の部屋に駆け込んだ　だが
君の後から　見知らぬ誰かが玄関を開け　侵入してきた

当時の君の家には　「絶対に入ってはならない」と固く
言われていた広い部屋が一つあり　そこに何があるのか
君は知らなかった　見知らぬ者は　その部屋に侵入した

英語が書いてあるTシャツ姿の君が　恐る恐る　部屋の
扉を開けて中を覗くと　無数の人影が立ち尽くしていて
どれが先ほどの侵入者なのか　もはや見分けがつかない

すると部屋の奥から　「なぜそんな服を着ておる　この
ヒコクミン！」という声がした　巨大な声だったような
微小な声だったような　君の記憶は　その辺が不明瞭だ

明瞭なのは　その声とともに　そこにいた全ての人影が
自らの両手から　重そうな球体めいたものを　ぽとりと
一斉に床へ落としたという記憶だ　「私のせいで　何か

とても貴重なものが　台無しになったのかもしれない」
そう言いながら　君がこちらを振り向こうとしはじめる
君が今までの君を無責任に手放そうとするのなら　私も

そうしてみようか　ねっとりした時間の厚みを感じつつ
この二艘の小舟が　お互い同士をもやい直しし始めたら
再びこの大海も　静かに　きらきらと　光輝くだろうか

鹿

とうとう引っ越しをする時期が来てしまった
面白半分に「人工楽園」と呼んできた　この
自宅とも　いよいよ別れることになるわけだ

「楽園」から堕ちるというのに　外はまさに
穏やかで　何の変哲もないただの普通の日だ

長らく一緒に暮らしてきた人たちは　すでに
ここにはいない　だから荷造りもかなり楽だ
全ての日常活動が苦役だったのが嘘のようだ

ここからいなくなるその間際まで　私の心の
暗闇に光を灯し続けてくれた同居人もいたし
「そんな光がなくても　あなたは大丈夫」と
ここを出ていくその日まで　変わらず優しく
励まし続けてくれた同居人も過去にはいたが
今はもう誰も一緒に荷造りなどしてはくれぬ

玄関のドアに掛かったまま　放置されていた
「我らはマルクスとコカコーラの子供たち」
と手書きで記してある表札代わりのボードを
しまうところから　引っ越し作業は始まった

このボードをドアに掛けた同居人は　生粋の
物書きだったが　「書く情熱がすごいね」と

私が褒めると 「情熱の意味 わかってる？
私はただ 普通に生きているだけ あなたの
使う言葉は本当に軽い！」と ひどく怒った
今となってみれば それもまたいい思い出だ

本棚の大量の書籍を段ボール箱に詰めようと
していると 棚の奥から ぼろぼろに破れた
古い旗が二つ出てきた 一方には「自由」と
書かれてあり もう一方には「平等」とある
振ってみようかとも思ったが やめておいた

食器類を片付けているうちに 奇妙な気分に
襲われた まともな人間として生きるために
わざわざ頼んで脳に埋め込んでもらっていた
大事な電極たちが 一つずつ丹念に 手術で
抜き取られていく まるでそんな気分なのだ

「秋深き隣は何をする人ぞ」 昨日 右隣の
隣人に 別れの挨拶をしに行ったら 雑談の
最後に 「私のこの体って 私に対して全く
優しくないんです ですからまずは 自分の
この名前を変えてみるつもりでおります」と
急に告白された 昔の私なら 愚かなやつと
笑っただろうが 今の私にはとても笑えない

小さな庭の木々の手入れも これで最後かと
思いながら これまでと同じようにちょっと
剪定をしてやると 庭で最も大きく しかも
最も立派な桜の木の幹から 話しかけられた

「この国はもう滅びる　見るべきものは全て見た　次にまた　この世に生まれてくる時は　もっと小さい者になりたい　そして　物音が一つもない場所で　ただ蓬蓬(ほうほう)と暮らしたい」

庭の片隅に　見たことのないものが山積みになっているのに初めて気づき　おそるおそる近寄ってよく見ると　どうやら鹿の角らしい　小さくて細いものから　太くて長いものまで　まるで鹿の毎年の成長の跡を追うかのようだ

こんな街中に　鹿なんているはずがないのに　ゴミ袋に入れて　他のゴミと一緒に捨てねば

左隣の隣人が　こちらの庭を覗き込みながら声をかけてきた　「ついにお引っ越しですか　たしかにこの街は生きづらい所ですからな」

「あともう少し　ここで暮らしてみようかと思ったこともあったんですが　諦めました」と答えると　相手は苦笑いしつつこう言った

「安らかな人生なんてどこにもないと諦めて　私はここでずっと暮らします　さらりと軽く暮らしたいものですが　それが最も難しい」

はるか昔　この家を所有することそれ自体が　自分の究極の欲望の達成を妨害する元凶かもしれないと思い込んだことが　何度かあった　いっそ自ら放火して全焼させてしまおうかと

考えたことさえあった　この家を買うまでは
ここに暮らすことが　究極の理想だったのに

次はトイレの掃除だ　ここの掃除も　これで
最後かと　感慨深げに便器のふたを開けると
わが腸がここでの最後の排便行為を要求する

自分の便をわが目で直視することを　今まで
長いこと避けてきたが　今日だけは　なぜか
見たくなり　便器から立ち上がって　じっと
眺めると　色も形も臭気も愛らしく思われて

自制心なんて　もう要らない　他人の都合に
懸命に合わせる必要も　もはやない　などと
便に向かって　無言で話しかけようとすると
わが手がレバーを引き　便は流されていった

ああ　そういえば子供の頃　生まれて初めて
鉄棒で　逆上がりができた時　こんな具合に
風景が違って見えたなあ　と　考えた途端に
急にわが口から言葉がこぼれ落ちた　「人が
死ぬようになったのは　『死』という言葉が
できたからで　それ以前はみな不死だった」

壁にずらりと掛けていた　先祖たちの写真を
ひとつひとつ外して　慎重に箱に詰めていく
高等遊民としてずっと生きていたはずなのに
最後は結局　国にその身を捧げた先祖がいた
自分の子供を簡単に見捨てた一方で　愛する
動物のためなら何でもしてやった先祖もいた

社会に殉じた若者たちの魂を弔いたい一心で
全ての遺族の養子に自らなった先祖までいた

車　衣類　テレビ　パソコン　カーテン　靴
寝具　いくつかの大きめの家具　これらは皆
次にここに住む人たちのために残しておこう
必要とされないようなら捨ててもらえばいい

引っ越し作業のいよいよ最後は　床下収納に
放置されていた正体不明の大きな袋の始末だ
思い切って開けてみると　大人の人間ほどの
大きさの物体が何枚もの布でくるまれている

布を慎重に全て剥ぎ取ってみると　赤い紐で
全身を縛られたミイラだった　両手で　顔を
完全に隠している　まるで赤い紐が　血管の
ように見える　顔を見てやろうかと思ったが
私自身の顔が出てきそうで怖くなり　やめた

引っ越し業者に　荷物の配送先を尋ねられて
そこで初めて　次に住む場所を　まだ自分が
知らないことに気づいた「配送先の住所は
永遠です」と冗談でごまかすと　急に自分が
深海の底に置かれた箱の中で　無音と暗黒と
強烈な気圧を友としながら生きる人のようで

言葉が出ないまま玄関に立ち尽くしていると
業者が「あれも配送ですか？」と指さすので
振り向くと　ミイラが入っていたあの袋から
出てきたらしき　大人の鹿が　凛とした姿で

じっと立ち尽くしている　鹿の目と私の目が
合った途端　時間がたちまち　黄金に輝いて

自分の脳髄が透明になっていくのがわかった

塔と卵

あなたがいなくなってから　私は新しい趣味を始めた
毎晩寝る前に　独りで行う「テーブルクロス引き」だ
皺ひとつない真っ赤な血の色のテーブルクロスの上に
これまで置いてみた食器類は　もはや数え切れないが
センスがあるのか　ミスして割ったことは一度もない

とはいえ　昨夜は危うかった　百個のワイングラスを
五段に重ねておき　一個も動かすことなく　下の布を
一気に引き抜こうと　目を閉じて精神集中していたら
巨大な卵が割れて　そこから古時計が生まれるという
幻に急に襲われて　途中で引くのを躊躇しかけたのだ

いざという大事な瞬間にあんな幻に来られては迷惑だ
不安を胸に　今夜も窓辺のテーブルの上に　血の色の
テーブルクロスを皺ひとつなく敷いていると　青空の
中で夏がぎゅっと凝縮し　黄金の聖堂と化して　その
姿のまま　遠く水平線上に　浮遊しているのが見えた

今日は何をテーブル上に置いてみようか　これまでで
最も難易度の高いチャレンジを　できればしてみたい
老眼を指でこすり　入れ立ての入れ歯を気にしながら
じっと考えているうちに　あなたの言葉が蘇ってくる
「このあたりでも　多くの若者が軍隊を志望している

貧困から逃れるためだろうが　戦争で最初に死ぬのは

きっとそんな若者たちだ　彼らこそ社会の被害者だ」
この言葉を全てばらばらにして　単語の破片の中から
若者　軍隊　貧困　戦争　死　社会　被害者の七語を
選び　テーブルクロスの上に並べ　一段目としてみる

窓の外では　曇天の下　秋がまるで氷のごとく凝固し
黄金の剝げた聖堂の姿で　私の方へと漂い始めている
あなたの語調が変わる　「敵こそが最大の味方であり
敵は永遠に敵のままでなければならぬのに　あなたも
また　戦争を言い訳にして　加害者になるつもりか」

敵　味方　永遠　言い訳　加害者　この五つの破片を
慎重に一段目の上に乗せてみると　それだけでもはや
かなりの重量だ　外では冬が　屋根も壁も崩れかけの
大伽藍となって　雨降る私の庭の柵を越えかけている
成人したばかりの私の両耳に　またあなたの声がする

「この街を抜け出して　大自然の中を　ひとり静かに
歩きまわることは　社会を変革する力になりえるのか
それともただの卑怯な逃避にすぎないのか」　大自然
ひとり　歩く　社会　変革　卑怯　逃避　第三段目が
完成したとたん　一瞬　塔が倒れかけ　冷や汗をかく

宙に浮かびつつ　窓の全面を覆いつくして　私の姿を
外から見ているのは　消滅した聖堂の唯一の遺品たる
壮麗な扉だ　それが春の化身であることに　ようやく
気づいた私に　あなたがまた話しかけてくる　「沈黙
それは私の裸体　私に服を着せられるのはあなただけ

あなたの服を素直に着ようか　裸体のままでいようか

いま話しているこの声も　着かけた衣服の中の一着」
沈黙　裸体　声　そして衣服　生まれたばかりの私の
幼い手が　震えながら四段目を完成し終えたその途端
テーブルクロスが私の手をつかみ　「引け」と命じる

　汗ばむ手に生気が流れ込む　床の方へ斜めに思い切り
引こうとするこの自由意志は　本当に私だけのものか
顔面が剝がれ落ちたあなたの頭が　一個の巨大な卵に
変身する幻が　視界を襲う　歌を失くした大地の上を
なおも歌を求めさまよう旅人の心で　布を引き抜くと

人形遊び

これは　あなたの故郷の家の片隅に　ひっそりと
今なお放置されたままの人形たちについての詩だ

その人形たちを買ってもらった時　幼いあなたは
ファッションモデル風の数体の男女の人形の中に

首のない全裸の人形が二体　混ざっていることに
何の違和感も持たなかった　そしてあの晴れた日

あなたはキッチンテーブルの上に人形たちを並べ
独りきりで遊んでいたのだ　居間のソファの上に

置かれた朝刊には　あなたの知らぬ遠くの外国で
内戦が勃発し　多くの死傷者が出たという記事が

躍っていた　二体の首なし人形を取り囲むように
あなたは　モデルの男女たちを　輪になるように

並べた　あなたのすぐ後ろで　炎が徐々に上へと
立ち始めていることに　あなたは気づきもしない

すると　首なし人形の一方が　大声を挙げながら
もう一方の胴体を　ものすごい勢いで殴り始めた

「あの人は　人生でもっとも大事な人だったのだ

死なれてしまうと　もう生きていけなくなるのだ

だが　おまえは　医者なのに助けてくれなかった
蘇生の努力を怠った　なぜだ　ああ　許せない」

「あの患者はたしかにもう亡くなっておりました
蘇生しようにもすでに手遅れでした」と　相手が

いくら訴えても暴力は止まない　「死者の蘇生は
この共同体の義務だ　蘇生できない医者は悪だ」

惨劇を黙って見守る者たちの気持ちは同じだった
「邪魔せずに注視することこそが　何よりも大切

そしてそんな自分自身を嘲笑する　それも大切」
遊び疲れたあなたは　人形たちの横で寝てしまう

そしてあの曇り空の日　目覚めた青年のあなたは
すっかり埃をかぶっている人形たちを久しぶりに

取り出し　懐かしそうに机の上に並べたのだった
遠く世界では　内戦に苦しむ国の数がさらに増え

あなたの後ろの炎は　いまや天井まで達していた
モデルたちの輪の中で対峙する　二体の首なしの

一方が　またも他方を殴っていた　殴られている
首なしが　嘆きの声を絞り出す　「こんな悪人を

救うために　どうして私の内臓が使われなければ

ならないのか　最も近い血縁というだけの理由で

なぜ　この悪人の病んだ体に　私の善なる内臓が
移植されねばならなくなるのか　これまで長い間

この悪人のせいで　私の人生は乱されてきたのだ
善なる他人の体に移植される方が　まだましだ」

殴ることにすっかり疲れたもう一方が　喘ぎつつ
反論する　「血縁者のために犠牲になる　それが

この共同体の義務だ　義務を遂行せずに恩恵だけ
受ける気か　早く内臓をよこせ！」　この二人に

すでに飽きたらしき周囲の者たちの今の関心事は
伝染病だった　「野蛮から文明へと伝染するのも

恐怖だが　文明から野蛮へ伝染が逆流し始めると
さらに恐ろしいらしい」　輪の中で　暴力は続き

あなたは年を取り　いまや皺だらけ　臨終間近だ
今日は雨だ　眠るあなたの横で　ラジオが告げる

「この国を除く世界の全ての国が　内戦状態です
平和に暮らせる場所は　もはやこの国だけです」

あなたのために久しぶりに集まった人形の一つが
声を張り上げる　「今から始める儀式は　その昔

遠き異国からこの地に伝来したという　その名も

『胴上げ』と言いまして　善く生き続けた長寿の

者を皆でこうして祝うのです」　首なしの二体が
残りの人形たちの手で空中に舞い上がる　歓喜の

声を挙げながら　手を固く握り合う二体の真下で
人形たちが一体ずつ　胴上げをやめていく　その

一つが呟く　「最も恐ろしいもの　それは　一切
恐怖心を持たない心だ」　固い床の上に　二体が

あえなく落下し　手足がばらばらとなるその瞬間
目覚めたあなたの瞳が　目前の鏡台に映る巨大な

炎に　ようやく気づく　この国のあちらこちらで
これと似た炎が　すでに立ち昇っているとしたら

「ここもついに内戦？」　まだ恐がらなくていい
鏡面を覆う炎のすぐ後ろには　私がいるのだから

炎を弱火に戻して　少し待てば　香ばしい料理の
出来上がりだ　あなたの歯でも咀嚼できるほどの

柔らかさだ　食事が済んだら　あなたのその体を
隅々まで綺麗にしてあげる　最後に　ひとつだけ

教えよう　あなたの故郷に戻れば　首なしの首が
まだどこかにあるはずだ　あなたの首と私の首だ

十二月八日

バス停にぽつんとある　二人掛け用ベンチは
横になって眠るには　あまりに小さく　狭い
腰かけ部分の中央にも　鉄のひじ掛けが一つ
据えつけてあるせいで　寝そべるのは無理だ
座ったままの姿勢で目を閉じるしかないのだ

始発のバスが　そろそろやって来る時刻まで
夜通しずっと　そのベンチで独り眠っていた
あなたは　他の人影を感じるや　冷たく硬い
この唯一の居場所に　身を切る思いで優しく
別れを告げると　今日も街の雑踏に紛れ込む

人間の姿を捨て　野生の猿と化したあなたは
街路樹から街路樹へ　建物から建物へ　光の
ごとく飛び移り　車道や歩道を疾走していく
匿名であることの悦びと　無名であることの
悲哀と　昨日の最後の食糧を口に含みながら

あなたが走る街は　行き当たりばったりの街
道楽だけの街　真剣味のない街　いい加減で
でたらめの街　自分が何者であるのかを全く
理解できぬ街　あなたに驚く人々に「この
足を舐めなよ」と嘯くあなたに　故郷はない

遠方で誰かが　拡声器を通じて絶叫している

「記憶しよう　あの年の今日　十二月八日を
あの日　世界の歴史はあらたまり　鬼畜らの
主権は　我ら人間界の陸と海に否定された」
「鬼畜とは私のことか？」あなたは苦笑する

あらゆる規則も境界線も無視して　あなたが
動けば動くほど　あなたを追い回す者たちの
数も次第に増えていく　彼らの誰もが　必ず
別の誰かの敵だったが　誰の心も　奥底では
「生まれてこなければよかった」と反復中だ

車のボンネットからボンネットへと飛び移り
高速道路を爆走し　次から次へと　街を変え
ようやく初めて　あなたは別の猿に遭遇する
ケージの中に閉じ込められている　その猿が
こつこつ書いているのは　謝罪の手紙だった

誰に向けられた謝罪文なのだろう　「返事が
もらえるだろうか　逆に脅えさせるだろうか
喜んでもらえるだろうか　それとも無視か」
何度もそう繰り返すこの同胞の目に映るのは
あなたの強さのみで　あなたの弱さではない

何もしてやれぬまま　同胞と別れたあなたは
走り疲れたのか　電波塔の頂上で眠りを貪る
目覚めると　あなたは何もない空間に独りだ
しかしそこは　目に見えぬもので満ちていて
あなたの体は圧迫され続け　ついには砕ける

再び目覚めると　最終バスはすでに走り去り

バス停のベンチには雪がうっすら落ちている
また座ったまま眠っていたあなたの膝の上の
食糧は　空腹に耐えられず　あの同胞に夢を
全て売り　その代償として得たケージの餌だ

あなたの目前に　片手に金属バット　片手に
毛布を抱えた男が立ちはだかる　「いつまで
そこにいるつもりですか」バットで襲う気か
毛布をくれる気か　あなたの気づかぬうちに
膝の上の食糧が　一通の手紙へと置き換わる

「それ　遺書ですか」問いかけに応じぬまま
あなたはまたも念じ始める　このひじ掛けが
いつの日か撤去されますように　そうなれば

墜落

満天の星々を見上げながら　賑わう大通りを　独り
そぞろ歩くあなた　夜空のあまりの美しさに
ふと立ち止まると　路上にピアノを置いて演奏中の
音楽家が　「一曲いかが」と声をかけてくる

鍵盤から　バッハの「主よ　人の望みの喜びよ」の
メロディーが流れ始めると　街のざわめきが
ふと静まり　近くのベンチに向き合って座る二人の
男の興奮気味の声だけが　演奏の邪魔をする

一方の老いた男が　コーヒーカップ片手に「経済は
もはや成長なんかしなくていい　さもないと
地球から緑が消えちまう」と大声でまくしたてると
もう一方の老いた男が　煙草片手に　嘲笑う

「おまえの考えは極端すぎて危険だ　経済の成長と
自然の保全は両立できるさ　人間はそこまで
馬鹿じゃない」　星空に見とれているあなたにだけ
聞こえるほどの声で　演奏中の音楽家が呟く

「ここからは　ファとシの音だけ抜いて弾きます」
バッハならではの音調に微妙な変化が生じて
それとともに　あなたの眼は　二つの星座に気づく
向かい合って立つ　二人の人間だ　どちらも

何かを片手に持っているかのようだ　まるで子供の
頃に戻った気分で　あなたはこの二人の心を
探るべく　それぞれの星座の中でもっとも光り輝く
星を　魔術師のような眼で　一心に見つめる

南側の人物がまず話す　「もし私が君の妻だったら
君が死ぬ時に最後の息を吐くのを　ひたすら
残念がるだろう　なぜならそれは　君がこの世から
永久に解脱できないことを意味するからだ」

北側の人物が答える　「もしも私が君の妻だったら
この腹に君の子を初めて宿した時　その子を
本当にこの世に　生み出していいものなのかどうか
夜ごと悩み　自問自答を繰り返すであろう」

向かい合う二つの星座の間の闇を　飛行機の灯りが
ゆっくり進んでいく　善と悪の間を　または
異なる二つの善の間を　あるいは　二つの悪の間を
すり抜けるかのごときその動きに　バッハの

旋律が重なる　南の人物がまた語る　「君の口から
出た最後の息は　輪廻の途上で野牛の幼児に
生まれ変わる　しかし　初めて立った途端　子牛は
森を彷徨していた人間の子に　銃で撃たれる

子牛の息は次の輪廻の準備へと移り　死に際のその
肉体は　幼い狙撃者を突き殺す　この二者の
悲劇だけで終わっておけばよかったのだ　『人間に
勝った』と宣言しながら子牛が死に　それで

話が済んでいればよかったのだ　だが　野牛の国の
者たちは　『敵はあの子だけではないはず』
と信じ　全人類を相手に泥沼の戦いを選ぶのだろう
自らが妄想した罠に　自ら落ちていくのだ」

北の人物が答える　「君の子を本当に生むためには
その子を愛したいと思う強い意思が必要だが
はたして今の私にそれがあるだろうか　仮に　私が
生まれてくる子供本人だとしたら　母親から

もらった自らの体に満足するだろうか　私が不満を
のちにぶつけても　たじろぐことなく真摯に
私に応えてくれるような母に　私はなれるだろうか
『こんな生まれ方は　望んでいなかった』と

その子がのちに私を責めても　その子の深い悩みを
無視したり　愚かしいと安直に決めつけたり
することのない母親になれる強い自信が　今の私に
あるのかどうか　問いは永遠に続くだろう」

「地球の気候が狂えば狂うほど　世界のあちこちの
連中が　緑を失った故郷を捨てて　ここにも
必ず大挙してやってくる」　コーヒーを飲み干した
老人が真顔で断言すると　もう一方の老人が

煙草の火を消しながらまた嘲笑う　「心配は無用だ
そんな奴らはきっとさほど多くないだろうし
たとえやってきたって　暴力で追い返せばいいんだ
いつまで経っても　おまえは頭が悪いなあ」

ベンチで取っ組み合いが始まりかけた瞬間　誰かが
「墜落だ！」と叫ぶ　見上げるあなたの眼に
巨大な炎と化していく　先ほどの　飛行機の灯りが
映る　それはまるで　行き先を求め彷徨する

吐息のようでもあり　迷いの末に　産み落とされた
生命のようでもある　ベンチの老人たちさえ
いまや手を握り合い　墜ちていく機体を眺めている
全く動じていないのは　音楽家　ただ独りだ

今宵何度目の「主よ　人の望みの喜びよ」だろうか
ファとシを抜いての演奏かどうかは　もはや
あなたには不明だ　機体が大地に激しく触れる瞬間
すでにあなたは　別の星に心を奪われている

あれは　一等星　アルデバラン　おうし座だ

完全試合

「私たちをわざわざ救おうとする全ての人々から
私たちは救われたいのです　だからさようなら」

そう連名で書き残し　三名の古老がまた脱走した
三名の居場所を突き止めて　またここに連れ戻し

今までのように　またそれぞれの個室で　じっと
していてもらうべく　街のありとあらゆる場所を

汗だくで捜して回る　それが今のあなたの仕事だ
公園の広場から　野球を楽しむ子供らの声がする

「私たちは侮辱の中を生きているのでしょうか」
三人の共通の口癖を思い起こしながら　あなたは

三人のこれまでの脱走パターンを元に　居場所と
思える所を尋ねて回るが　全て無駄足だ　その頃

三人の古老は　互いの存在など忘れたかのように
公園のベンチに一列に腰かけ　全身の筋肉を緩め

口元から垂れる涎などいっさい気にせず　瞳孔を
これでもかと開き切って　子供たちの一投一打を

眺めている　その真後ろからゆっくりと近づいて

「皆さん　そろそろ帰りましょう」と　あなたが

声をかけようとすると　古老の一人が立ち上がり
「あの時　私は内野手だった」と　語りはじめる

「自分の力だけであれこれ考えるのはもう止める
生まれ変われるなら　デジタル時計になりたい」

と　自分の個室でよく嘆いていた自称「詩人」の
あの古老だ　いつもと違って　妙に好奇心が湧き

あなたはそのまま黙って見守り続けることにする
「あの試合　1回の裏から9回裏ツーアウトまで

敵チームの打者の打球は全て　私に転がってきた
簡単に取れる時もあったし　難しい時もあったが

どの打球も　私のグローブへと吸い込まれる直前
『この命が消え果てた後も　私のことなど忘れて

時間は延々と流れていくのか　ああ　恐ろしい』
と　私に対してだけ　そっと語りかけてきたのだ

ゴロを捕球し　アウトにすべく　一塁に向かって
送球しようとするたびに　時計の秒針の進む音が

頭の中で轟音と化し　私は目を閉じたまま投げた
それでも全てアウトとなり　9回裏　もう一つの

アウトでとうとう『完全試合』というところまで

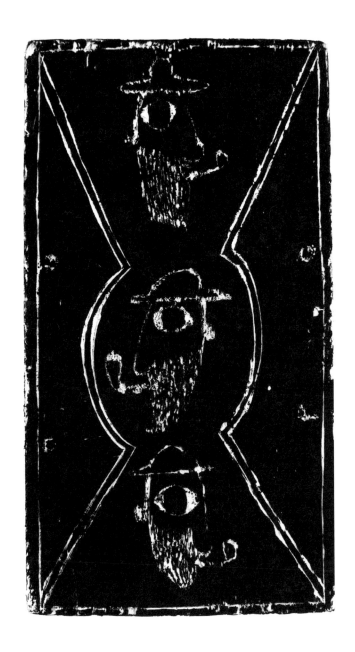

こぎつくことができたのは　一塁手のおかげだ」

暴投に飛びつき　手前で跳ねる悪送球は掬い取り
一塁から足を離さず　大股開きで捕球を続ける神

子供たちがまた歓声を上げる　「ああ　ところが
最後の最後で私の送球を一塁手がエラーしたのだ

こうして我々の完全は消えた」　すると二人目の
古老が「あの時　私は外野手だった」と　呟く

「存在しているだけで　無条件で愛されるはずだ
愛されてようやく存在できるわけではないのだ」

と　自分の個室でよく叫んでいた自称「時計」の
あの古老だ　まだあなたは　脱走者三名の行方を

知らないはずなのに　なぜここに存在できるのか
「あの試合　１回の裏から９回裏ツーアウトまで

敵チームの打者の打球は全て　外野フライとなり
私に飛んできた　どの打球も空中で　見えたかと

思うとすぐに消え　またすぐに姿を現す　それを
ひたすら繰り返した　常に二者択一のみの人生の

私を　『二者のどちらだってありうる』生き方と
『二者のどちらでもありえぬ』生き方の狭間へと

誘い込むかのようなフライばかりだった　捕球の

瞬間　グローブの中で響いた音は　まるで詩人が

日常言語を超えた詩を書くたびに　それを誰にも
見せずに隠そうとする　そんな秘儀さえ思わせた

アウトあともう一つで『完全試合』という土壇場
敵の打者はあの一塁手だ　奴の打球も私に来た」

言葉の発生の起源へ遡ろうとするかのような打撃
人生の生々しさを全否定する観念のごとき打球音

子供らの試合もいよいよ佳境だ「あのヒットで
我々の完全は消滅した　いつどこで誰がどうして

どうなったか　全てがどうでもよくなったのだ」
いつどこで誰がどうしてどうなった　この文言を

呪文のように毎夜唱えているのは　実はあなただ
真夜中　あなたは独り全裸となり　艶やかに輝く

ゴム製の服で　頭頂から手足の先まで全てを包む
見えるのは両目と口のみ　呼吸もままならない中

全身を圧縮されながら　あなたは自分の滑らかな
「第二の皮膚」を讃え続ける　その新たな皮膚は

特殊なものに囚われた自己のものなのか　自由で
普遍たる自己のものなのか　生理と射精を同時に

起こしそうな体液の流れに身を任せ　いつどこで

誰がどうしてどうなったと　あなたがまた囁くと

声の主に気づいて「詩人」と「時計」が振り返る
「一塁手！　久しぶり！　君もまだ生きていたか！」

三人目の古老が笑い出す　毎朝　目覚めるたびに
床の中で「唖唖」と大声を上げ「この声こそが

わが命の最後の杖なのだ」と　満面の笑みで語る
自称「投手」のあの古老だ　「あの試合はまさに

『完全試合』だった　全てのアウトを私が三振で
取ったのだ　内野も外野も不要だった　もちろん

一塁手も」　そう言うやいなや　この古老の息が
止まりかける　「死はそう簡単にやってこない」

と　今度は残りの二人が　満面の笑みで揶揄する
三名は何かを待ち続けている様子だ　それが何か

わからぬまま　あなたは「さあ帰りましょう」と
ついに声をかけ　自分の胸のファスナーを降ろす

開いた胸の奥に「私」と書かれた個室が三つある
一人称のファシズム　そんなことさえ考えながら
あなたは今日の任務を終える　「試合終了です」

覗き穴の向こう側

「神々」と呼ばれていた者たちは　冬の訪れとともに
私たちを置き去りにして　我先にとばかり立ち去った
残された我々はそのまま散り散りとなり　いまやこの
窮屈な空間を私と分け合うのは　あなただけとなった

全ては「神々」のためと信じ込み　マスクもせぬまま
働き続けたおかげで　悪性の空気を過度に吸い込んだ
私とあなたの肺は　窓なきこの密閉空間の　日増しに
薄まる酸素を　今日も競うようにぜーぜー吸っている

私の口から漏れるのは　自己嫌悪の感情と呪詛の言葉
そして　破滅を恐れる呻き声だ　いまや　私にとって
最大の「神」は　肺にやってきてくれる息だけであり
最大の障害は　その息を横取りせんとする　あなただ

「この世になど生まれてこなければよかった」と私が
こぼすと　隣であなたが「君はこの世に何度も生まれ
その台詞を何度も繰り返すのだ」と漏らす　わずかな
食料を　なぜあなたと分け合わねばならぬ運命なのか

「こんな暮らしが存在しなくなりさえすれば」と私が
こぼすと　「この場所を愛せるなら君の全人生は善だ
それが無理なら君の全人生は悪だ」とあなたが答える
生まれ変わりたい私　今を肯定するあなた　水と油だ

「神々」に従う必要などもはやないのに　なぜ私たち
二人は　いまだにここから一歩も外に出られないのか
ますます息が吸いづらくなるなか　今日も私は唯一の
楽しみに勤しむ　部屋に残された木炭で　壁に小さな

円を描き　それを覗き穴に見立てて　屋外を見るのだ
「今日もあの釣り人が見えるのか」とあなたが尋ねる
「ああ」と答えると　あなたも木炭で壁に小さな円を
描いて覗き込む　見えるのは全く同じ老いた釣り人だ

「今日も独りだ　集団を全く信じてないらしい」と私
「今日の餌も　あいつが肌身離さず　空き缶に入れて
持ち歩いている　誰かの遺骨の粉末なのか」とあなた
「いや　今日あいつが餌として使うのは　自分の体の

あちこちに　ガラスの破片のごとく深く刺さっている
数多くの人間たちの言葉だ　それを一つ一つ抜いては
まとわりついている肉片とともに　川へと撒くのだ」
釣り人の狙いは今日も　王として川に君臨する怪魚だ

自分の生き辛さを誰かに告白することもなく　まして
誰かを告発することもなく　釣り人はただ怪魚を待つ
急に釣り竿がしなる　物凄い引きだ　やっと来たかと
一心不乱に　釣り糸を手繰り寄せると　怪魚の正体は

なんとただの小魚で　あまりの卑小さに苦笑しながら
釣り人は自分の中に　怪魚にも似た罪の意識を見出す
生きることにも死ぬことにも　もはや興味なさそうに
小魚を握って川の深みに佇むその顔はまるで涅槃仏だ

私もあなたも　釣り人に名前をつけてやりたいのだが
思いつくアイデアは　なぜか常に数字の羅列ばかりだ
復讐に燃える小魚の大群が老人の背後に迫るのを見て
思わずあなたが数字を叫ぶと　振り向きざまに老人が

アインシュタインのごとく舌を出す　そしてそのまま
卑小の大群に足元をすくわれて　川底へと沈んでいく
望んでいたような子供を授かれず　心を病んだ夫婦の
ごとき涙目で　その一部始終を覗き続けるあなたと私

釣り人の姿が消えると　全てはまた忘却の彼方となる
肺はなお縮み　息はさらに荒く　木炭さえ残り僅かだ
共有不可能なはずのものを　再び運よく共有した私と
あなたは　互いへの関心を一瞬　失って　快楽に酔う

最後に見たもの

愛するあなたの肉体の障害と　全く同じ障害を
早く持ちたい　ただその一心で　私は法を犯し
これら七色の禁断の錠剤を　入手したのだった

と同時に　愛するあなたの精神の障害と　全く
同じ障害を早く持ちたい一心で　再び法を犯し
あなたの愛読書を　こっそり盗んでおいたのだ

赤の錠剤を飲んでみると　進化に全く不必要な
はずの体の機能が　進化に必要なはずの機能を
犠牲にしながら　なぜだか急に　進化し始めた

自分の体に初めてエロスを見出し　戸惑いつつ
盗んだ本の表紙に　初めて目をやると　題名は
『野蛮という嘘が　われわれの文明を作った』

本当の両親が誰か　知らぬまま育った主人公が
自らの出自の真実に　最後まで到達できぬまま
無思想で無節操な生に法悦を見出すという話だ

途中で止めて本を閉じ　次は橙色の錠剤を飲む
すると　「聞き手の欲望に迎合するだけの声は
もう不要」とばかりに　声帯が萎み始めていく

原子のレベルで　さらに機械化していくこの体

無機質なリズムに導かれ　再びあの本を開くと
題名は『喜びのリスト：不健全が健全を生む』

虐待されるたびに　花壇に美しい花の種をまき
長い時間をかけ　七色の花々を育てた主人公が
感謝を込めて虐待者にその花を送るという話だ

愛国心に導かれ従軍したものの　戦地で四肢と
声と目を失い　そこでやっと全てを悟る兵士の
孤独に似た思いで　黄と緑の錠剤を飲み込むと

改めて開いた本の題名が　またも変わっている
今度は『世界共和国が最後に見たもの』という
長編詩だ　主人公の男は　とある国の独裁者で

国内外の全ての敵を「患者」と呼ぶ彼の目標は
「患者」全員の「安楽死」だったが　そのくせ
唯一の心の慰めは　なぜか　俳句を詠むことで

敵を一人消すたび　破滅させたその命の過去の
悲喜劇を　「軽み」を交えながら詠み続けるも
愛用していた季語の存在意義を次第に疑い始め

それを苦に　最後はなぜか発狂するのだそうだ
本を開くたびごとに　このように中身が丸ごと
変換されるのも　きっと錠剤の効果だと信じて

今度は青色と藍色を一息に飲み込むと　生気が
さらに漲るような　それでいて　さらに死へと
近づくかのようだ　ようやく　あなたの肉体の

障害と瓜二つになれたかのような　それでいて
あなたの実体が　いっそう薄くなるかのようだ
本の著者名を確認しようとするが　視界が霞み

あなたの名に見えたり　私の名に見えたりする
題名も滲んで見えづらい　まるで自分の病気に
いまだ名前がないことを不安がる患者の気分だ

本を開くと　「いつまで仮定の話を拒み続ける
つもりか」という一行だけが見え　あとは全て
空白と化している　慌てて手に取った　錠剤の

菫色が　まさか　最後に見たものになろうとは

耳

知らないうちに　自分が　独りぼっちになっていることに
耳が　気づいたのは　自分自身の　穴の中の　全ての垢を
掃除するためのピンセットが　目の前に　現れた時だった

自分とともに　一人の人間を　一緒に形成していたはずの
他の全ての要素　たとえば目　鼻　口　首　手　足　胴体
おまけに　長年の相棒だったはずの　もう片方の耳までが

消えたのは　単なる偶然か　このピンセットとの出会いも
ただの偶然か　まるで　偶然が　耳を　生んだかのようだ
偶然を引き受けると決めた途端　耳の時間は厚みを増した

自らの宿主だった身体を　なんとか思い出せないものかと
まずは　相棒だったもう片方の耳の姿を想うと　その姿に
誰かの薄い唇がすっと寄ってきて　ゆっくりとこう言った

「真の善人は　自分の善さを何も知らない　自分の善さを
知っている人間はみな悪人だ　真の善人は　自分の善さを
常に疑い　他人だけを常に許し　自らを決して許さない」

耳の中にどれだけの垢があるのか　ピンセットの先端部が
虎視眈々と　値踏みを始める　この金属器具との出会いが
ただの虚構だったなら　私はまだ宿主と共にいたはず　と

耳は嘆きたくなるが　偶然はもはやそんな空想を許さない

宿主の顔面上にいたあの口が　昔こんなことを言っていた
「日常を味わい尽くして良く死ぬためには　暴力が必要」

耳の穴の中の壁にこびりついている巨大な耳垢を　丁寧に
ピンセットが剝ぎ取り始める　それを動かす手の持ち主が
ぼそりとこぼす「君を一言で言うなら　架空の平均人だ

どの集団においても　データ上の平均値　データ上でのみ
存在しており　実際はどこにも所属せず　誰でもない人間
だからこそ　どの時代の誰とでも　時を超えて結びつく」

ずいぶん昔　誰かの舌が耳を優しく舐めながらこう言った
「あなたの汚さは途上国並みだが　それがあなたの故郷の
伝統なら　私の故郷の文明の美を無理強いなどできない」

ずいぶん昔　誰かの手が耳を完全に塞ぎながらこう語った
「私の腹の中の命にはまだ名前がない　私の命を守るため
この無名の命を殺すことを　あなたには知られたくない」

耳は思う　孤独に陥る以前　自分とそれ以外の器官たちは
無数の路地や隘路で　結ばれていたのだ　亡きものがまだ
そこにいるかのように聴力を限界まで高めてみるが無駄だ

自分が所属していた身体は　なぜ分断されたのか　人生を
変えたくて　全く無関係な戦場にあえて身を投じたためか
意識を移植された脳だけの姿で　機械の中で生きるためか

ピンセットが摘出した巨大な耳垢の表面には　誰かの声の
痕跡があった「全宇宙を説明できる統一理論も　こんな
風に摘出可能なはずだと　おまえはまだ信じているのか」

耳は思う　私は人に棄てられた　そして夢想する　大昔の
古い電話帳をつぶさに調べ　自分と同じ名前を探すうちに
載っている名前が全て故人であるはずと気づくあの瞬間を

耳の穴の奥から断続的に大声が鳴り響く　いったい何事だ
「耳よ　おまえも　そしてピンセットも　創ったのは私だ
おまえたちは私の創作した物語の中にいる　私のおかげで

おまえたちは永遠の存在になれたのだ　それなのに　なぜ
私を追い出そうとするのか」ピンセットの先端が大声の
主へと慎重に近づき　そして捕らえ　外へと引きずり出す

出てきたのは　死にかけの蠅だ　その断末魔の羽音からは
「愛していると　いったん口にした以上は　私の顔と体が
いかに変わり　歪み崩れても　ずっと愛し続けてほしい」

という囁きが　しばらく漏れていたが　それもついに消え
ピンセットはようやく遠ざかり　綺麗に掃除し尽くされた
耳の聴力はさらに高まって　右からも　左からも　今まで

聴き取れなかった声たちが　明瞭に聴こえ出す　右からは
「権力者に命を狙われ　家族を捨てて逃げ隠れしてきたが
我慢できず　物陰から家族の日常を覗いていると　突然」

という声　左からは　「あの男は私に　ハリウッド女優の
ごとき豪華な化粧を常に強制し　おまけに　いかなる時も
寝ている時でさえ　その化粧を落とすなと命令した　私が

もはや耐えきれず　化粧を落としたその途端　俺の愛情を

裏切る気かと　男はひどく逆上し」という声　耳はまだ
知らないのだ　右にも　左にも　自分のような　あるいは

自分のかつての相棒のような耳たちが　どこまでも延々と
並んで置かれていることを　もしそれに気づいたら　耳は
どう思うだろうか　それも偶然の仕業だと思うのだろうか

何も想い出せない

あなたに出会ったおかげで　今日は本当に
不思議な一日だった　朝の散歩のコースを
今朝は気まぐれにあえて変えてみたのだが
それが　全ての始まりだった　何も考えず
直観に身を任せた先に　あなたはいたのだ

雑草の生い茂る道端に　独りあなたは蹲り
野草を選別しつつ　花びらや葉や根や茎を
生のまま口に入れ　旨そうに咀嚼していた
美味しいですかと声をかけると　あなたは
野草だけを食べて暮らしていますと言った

初めてお会いしますが　ご近所の方ですか
そう尋ねると　あなたは食事の手を止めて
最近はこの辺りも　真夜中に戦車が何台も
やたらと通るようになり　おかげで一睡も
できませんと言い　別の野草に手を出した

私もこの近所ですが　戦車なんていないし
夜も静かな良い街ですと言うと　あなたの
目は　急に険しくなった　ここまで歩いて
こられたのかと聞かれ　そうですと言うと
地雷だらけの中をなんと勇敢な　ご無事で

本当になによりでしたと　あなたは溜息を

もらした　地雷だなんて　そんなご冗談を
私が苦笑すると　あなたは怪訝な顔つきで
どこかに電話をかけた　すると　すぐさま
車椅子を担いだ男がやってきて　あなたに

「該当者はどっちだ」と尋ねた　あなたが
私を指さすと　私の体は無理やり車椅子に
座らされた　歩けます　健常者なんですと
抗弁しても　男は取り合わず「あなたの
奥さんに今すぐ電話して　ここまで迎えに

来てもらえ」とだけ言い残し　立ち去った
馬鹿馬鹿しいと愚痴りながら立とうとして
自分の両足が全く動かないことに気づいた
首さえ回せなくなっている　恐ろしくなり
操縦方法もよく知らぬまま　車椅子を前へ

押し出すと　なんだかまるで　自分の顔が
溶けて消え　それに代わって　他人の顔が
仮面のように顔に付着したかのようだった
慣れない手つきで車輪を回し　雑草の茂る
未舗装の道を必死に進むと　ホームレスが

焚火のすぐ横で　ごろりと寝転がっていた
その体を避けるように進もうとしていると
寝ていた口がうっすらと開いて　「今度は
あんたか　みんな家があるのに　どうして
こんな路上生活者に次々と相談に来るのか

あんたの質問もやっぱり『愛とは何か』か

問わずに見つめろ　答えはそれしかない」
と　酔いどれの口調で眠たげに声を発した
早く家に帰ろう　さらに車輪を回すうちに
すぐ背後に二人の人間の気配を感じ始めた

首が全く回らないので振り向けなかったが
どうやらあなたと私の妻が　私を心配して
車椅子の後ろを歩きながら　ひそひそ話を
しているらしかった　私たち夫婦に子供は
まだいませんが　こんな世の中に　子供を

生むのは　その子にとって不幸なだけでは
と　妻が漏らすと　全員があなたのように
子供を作らずにいると　この街もこの国も
滅んでしまうじゃないですかと　あなたが
答える　聞こえぬ話をそう想像していると

まるで先導役かのごとく　一羽のカラスが
地面に舞い降り　車椅子の前をとぼとぼと
歩み出した　鳥の黒さをじっと見つめつつ
額に汗まで滲ませて　家路をさらに急ぐと
今度はデッサンに夢中の絵描きと出会った

「車椅子のあなたとそのカラス　この絵に
入れ込んでみたいので　少しだけ　そこで
留まっていてくれませんか」と言いながら
素早い手つきで　絵描きは鉛筆を走らせた
その間も　背後の内緒話はまだ続いていた

幼い頃　愛していた人たちをひとり残らず

亡くしたのですが　その責任は私にあると
思っていまして　だからこそ　命の危機に
瀕している人を救うことが　今の使命です
と　あなたが言うと　しばらく黙ってから

できたら　自分自身を騙してみたいんです
今の自由を放棄して　自分の全てを他人に
委ねて生きることができたなら　生まれて
初めて人の役に立てそうに思うんです　と
妻が囁く　そう想像していると　絵描きが

「未完成ですが」と言い訳しながら　私に
出来上がりを見せてくれた　孤児のような
子供と　盲目らしき花売り娘と　どこかの
工場の巨大な歯車に囲まれながら　笑顔で
踊る　チャップリンのごとき男性の全身が

そこにはあった　一体　これのどこが私で
どこがカラスなのですかと　尋ねてみたが
「あえて題をつけるとするなら　さしずめ
『何も想い出せない』とかでしょうかね」
とだけ口にして　絵描きは去ってしまった

こっちだと言わんばかりに　カラスがまた
誘うので　懸命にそちらへ車椅子の向きを
変えようとした途端　車輪が溝にはまった
どうにも抜け出せそうにないので　後方の
二人に助けを請おうとした私の耳に　唇と

唇が重なり合う音　舌と舌が絡まり合う音

吐息と吐息が入り混じる音が　混声合唱の
ように流れてきた　車輪をつかむ手が震え
涙腺が緩むのを感じながらも　もはや私は
繰り返すだけだった　「助けて　助けて」

棄てられていた雑誌の切れ端を　カラスが
嘴で巧みに拾い上げた　高価な靴の写真や
誰かの足に踏みにじられた野の草花の写真
それから　検閲　発禁　機密消去　個性の
尊重　脱依存　歴史の終焉　などといった

泥だらけの文字群が飛び交うその切れ端を
巣作りにでも使うつもりか　鳥はそのまま
飛び去っていった　それと同時に後ろから
心強い力が到来し　私は溝から解放された
背後で何が起きていようが　知ったことか

自分に何度も言い聞かせながら　車椅子を
ずんずん走らせていくうちに　私が車輪を
動かしているのか　それとも逆か　椅子と
私の境界はどこなのか　わからなくなった
ようやく自宅に着いたのに　もはやそこは

我が家ではないようで　そもそも結婚など
一度もしたことがなかった気さえしてきて
たとえ再び　両足で立てるようになっても
この車椅子に座ったまま暮らすか　などと
鏡に向かって苦笑しながら　今宵も深夜の

コーヒータイムを静かに楽しみたいのだが

あなたが言った通り　一台　また　一台と
たしかに戦車が過ぎていく　この調子では
安眠など夢のまた夢だ　涙が零れるほどの
笑いがこみ上げてきた　もう一杯　飲むか

珈琲中毒

なぜあなたは　私より先に逝ったのか
いま　あなたの姿は　どこにもないが
どこにでもある　狂えば救われるのか
いや　狂ったら　私の負けだ　今日も
開店から閉店時刻まで　この喫茶店の
窓辺に座り込み　独り黙って　珈琲を
飲むのだ　怠惰こそが健全を生むのだ

この窓のすぐ向こう　目の前の路地で
先日　誰かが殺されたらしい　私には
全く無関係な話だ　どこの誰がどんな
理由で　誰によって　一体どのように
殺害されたのか　他の客たちが　私の
後ろで　ひそひそ話をまだ続けている
あなたと初めて逢ったのはここだった

温かいマグカップを持ち上げ　口元へ
ゆっくり持っていこうとすると　黒い
液体の表面に　誰かの顔が映る　その
表情は　まるで　こう言うかのようだ
「あなたに飲まれて　ようやく　私は
珈琲になれる　そして私を飲むことで
ようやくあなたは　あなたになれる」

他の客たちの誰かが　殺人犯の動機を

推理する 「過度の所有欲は危険だ」
窓の向こうで 紙コップを手に持った
一人の歩行者が 事件現場の路地上に
その紙コップを置いて しゃがみこみ
目を閉じて何かを呟く 祈りだろうか
歩行者はそのまま立ち去り 残された

紙コップの中身は どこかのカフェで
購入したばかりの まだ温かい珈琲だ
その湯気を窓越しに眺めながら 私は
ずっと大切にしてきたあなたの遺灰を
ポケットから取り出し マグカップの
中へと溶かし込む 長らく住み慣れた
街並みが跡形もなくなってしまう時も

人の心は 無と化した空間を いまの
私の心のように さまようのだろうか
他の客たちの誰かが 「世間に大きく
認められつつ むごたらしく死ぬのと
世間に全く認められぬまま 慎ましく
平凡に長く生きていくのと どちらが
幸福か」と 仲間の誰かに問うている

ごくりと飲み干した黒い液体が 私の
目の前に 人間の幽霊の姿で再帰する
「私の魂は 全てを覆い尽くす言語と
全てを解き明かせる数式でできており
堅牢な建築物のようでもあり 精密な
機械のようでもあり 中身が空っぽの
美しい木箱のようでもある これから

あなたは永久に私に論理的に支配され
理性的に管理されていくことになる」
自らにそんな嘘をつきながら　珈琲は
なおも私の体内へと　流れ込んでいく
その喉越しに管理や支配の前兆はなく
あるのはただ　混ざり合える嬉しさと
自壊と再生の果てなき循環をひそかに

待望する思い　それだけだ　また一人
事件現場に　温かい珈琲の紙コップを
置いて祈る人がいる　「なぜ死なねば
ならなかったのだろうか　殺した者の
罪は当然として　殺された側にも何か
罪があったのか　これもまた　神仏の
御心によるものだろうか」と　誰かが

後ろで乱暴な意見を堂々と述べている
再びマグカップを口まで運ぶと　黒い
液体が薄笑いを浮かべて私の肩を抱く
「あなたにこんなに愛されていた私が
『ホロコーストなんて嘘っぱち』だと
信じて疑わない人間だったとしたなら
それでもあなたは私を愛し続けるか」

一杯目を飲み干すやいなや　私の体が
マグカップというこの生き物を　再び
激しく恋しがり始める　空っぽのまま
死なせてなるものかと全身が叫ぶのだ
あなたが逝った日の光景がまた浮かぶ

救いを求めるようなあなたの死に顔に
もう問わないでくれ　答えはないのだ

何もかも不十分なのだと　呟いたあの
日も　たしか寒かった　句作を好んだ
あなたが　死の直前に詠んだあの一句
「霧中にて夢中に魅入る真冬の無」を
久しぶりに　静かに唱えつつ　二杯目
三杯目と　飲み干していく　歩行者の
置いていく紙コップの数はさらに増え

事件の現場は　珈琲の都と化していく
店内には　音楽好きの客がいるらしく
窓外に出現したこの都を　愛と平和を
願ってかつて挙行された野外音楽祭や
分断されていたかつての世界を融和へ
導いた名高いコンサートの観客たちの
光景に　強引に喩え出したりしている

とうとう十杯目を過ぎたころ　一人の
浮浪者が　紙コップの密集する現場に
現れる　背後から誰かに襲われるのを
極度に恐れているのか　頻繁に後ろを
向くので　歩き方がまるで　くるくる
回る独楽のようだ　おまけにどうやら
飢えているらしく　先ほどまで自分の

ぼろ靴を　煮て食っていたかのごとき
顔をしている　その目つきは野良猫だ
一方　お代わりを新たに注文するたび

黒き液体の肉体は　喜怒哀楽にあふれ
その魂は　店内と店外の全てのものを
包みこもうとしながら　同時にそこへ
包み込まれようとしている　私以外の

他の客たちが店を去っていき　最後の
客が「つらい人生をあえて終わらせて
あげたのではないか」と　捨て台詞を
残して消える時　閉店時刻を知らせる
いつもの曲が店内に流れ出す　「心を
壊すのは愛だけ」という歌詞の反復を
聴きながら　黒い液体の人影が店内を

ふわふわ歩き回る　「私は常に自分と
対話している　自分を常に律している
自然を制圧し　獣の世界に背を向けて
単独で明滅している」と　舞台で演じ
歌うように振舞うその反面　その顔は
宇宙の無限の沈黙に恐怖する者の顔だ
猫の目の浮浪者が　背後を気にしつつ

紙コップを一つ　手に取る　コップの
周りには丁寧な手書きで　「私たちへ
向けられたこのひどい差別を　本気で
なくしたいと思うなら　私たち全員を
まず殺してみるがいい」とある　早く
渇きを癒そうと　猫の目の手が次々に
容器をつかみ　中身を飲み干していく

だが　いくら飲んでも渇きは消えない

いくら飲んでも　なぜあなたが私より
先に逝ったか　わからないのと同じだ
浮浪者になぜか興味が湧き　窓を開け
声をかけようとすると　猫の目の口が
大声を上げる「世間のせいにするな
おまえ自身の責任をまず考えろ　紙を

こんなに無駄にしやがって　この街を
こんなに汚染しやがって」　コップの
都を裸足で蹴とばし破壊していく姿を
見ていられず　窓を閉めると　店内は
深い退屈に満ちている　窓に映る私の
両目もいまや野良猫同然だ　もうこの
一杯で最後にせねばといくら思っても

演じ歌う黒い姿も　この渇きも　全く
消えないのだ　珈琲を返り血のように
浴びながら　激しく蹴りつつ　背後を
また見ようとして　浮浪者が転倒する
濡れた路面にそのまま大の字になると
動かなくなる　もう一杯もらえるなら
私もあそこにカップを置いて祈ろうか

国宝

何の変哲もない　どこにでもある
普通を絵に描いたような　あなたの家に
明日の夜　役人が一人やってきて
この度めでたく　あなたの家が　国宝に
指定されましたと伝えに来るから
今から心の準備を　しておいた方がいい

こんな平凡な家のどこが国宝かと
戸惑いながらも　あなたは突然の名誉の
到来に　しばし酔い痴れるだろう
長らく壁に飾っていた猟銃を久しぶりに
手にすると　都会の闇に向かって
あなたは何発も祝砲を撃ちまくるはずだ

国宝所持者が守るべき規則として
火気厳禁　自分勝手に修理するのも厳禁
そして常時　一般に公開すること
以上の三点を厳かに告げたあと　役人は
鼓動を聴くかのように　壁に耳を
当て「安全だ安全だ安全だ」と繰り返す

役人が姿を消し　あなたはやっと
冷静を取り戻す　そして　自宅の未知の
歴史を知るべく　いかにも由緒が
ありそうな家財道具たちを眺め直すのだ

最初に目につくのは　煉瓦造りの
古い暖炉　知らぬ間に焰が焚かれていて

長らく独り暮らしだったあなたは
不思議がる　おそらくあの役人の仕業だ
火気厳禁のはずなのに　夢か真か
焰はしばしの間　完璧な対称性を保つも
すぐに非対称となり　またすぐに
対称性を保ち　それをひたすら繰り返す

これぞまさに生命のありようだと
感心するあなたに向かって　焰の中から
国宝がこう語りかけてくるはずだ
「今日という今日は　おまえの殻を脱ぎ
私の最期を　おまえに聞かせよう
私はただ　女であるというだけで　命を

奪われたのだ　絶命した私の体は
そのまま置き去りにされ　犬に食われた
犬に食われながら　私は生まれて
初めて　真の自由を知ったのだ」　さて
こんな予言ができるわたしは一体
誰なのか　あなたは知りたくなるはずだ

明日の深夜　あなたが撃ちまくる
祝砲が　わたしの大切な人々の命を奪い
わたしを天涯孤独の身にするのを
あなたはまだ知らない　そんなわたしが
国宝の家を拝観しに行く数多くの
観光客に紛れ込み　あなたを訪ねる日が

いずれ来るのだ　そうとは知らず
あなたの視線は　掃除を終えたばかりの
便器へと向けられる　いつの間に
便器がトイレの床を離れ　まるで巨大な
茸のように　天井に根づいたのか
おそらくそれも　あの役人の仕業だろう

勝手に修理するなと　何度も自ら
口にしていたくせに　これだから役人は
駄目なのだ　そう愚痴を言いつつ
あなたはよくわからなくなってくるのだ
逆さまなのは　便器の位置なのか
それとも自分の位置こそが逆さまなのか

すると便器の奥深くから　国宝が
またも語りかけてくるのだ　「おまえの
殻を今日こそは脱ぎ捨てて　私の
悲喜劇をおまえに聞かせよう　女の私が
死ぬまでずっと　髭だらけの顔で
いたのは　その顔でなければ　この世と

闘えなかったからだ　それなのに
自分を信じて　闘いを続けているうちに
大事な我が子を　置き去りにして
餓死させたのだ　信じるとは賢きことか
あるいは　愚かなことか　ああ」
わたしとともに国宝の家を訪ねる人々の

様子は　初期の楽しげな静けさを

段々と失っていくはずだ　そしてまるで
一攫千金を狙い　金鉱へ狂奔する
貧者たちのごとき様相を呈していくのだ
そうとも知らず　あなたは愛用の
ベッドに寝そべり　媚びるような国宝の

声に再び耳を傾ける　「おまえの
殻を脱いで裸になった今　やっと生前の
自らを語れそうだ　私はちょっと
言葉を発するだけで　森羅万象を自在に
変えることができた　普通の女だ
死ぬ時も　死が私を捉えたのではなくて

泣いていた死を　仕方なく　私が
抱きしめてやったのだ」　陽極と陰極が
互いをとめどなく求め合うように
観光客の奔流が国宝の館へと流れ込む時
あなたはまるで　輸入した大量の
冷凍食品をいかに隙間なく　かつ美しく

巨大な冷凍倉庫内に収納すべきか
苦心を重ねる流通業者のごとく　人波の
交通整理に無我夢中となるだろう
だが　尋常でない過密さに　前後左右を
強く圧縮され　冷え切った鉱物の
塊へと変容するのは　結局あなたなのだ

群衆をかき分け　あなたのそばに
近づき　黄金の無機物と化したあなたを
見届けることが　あなたに全てを

奪われたわたしの役目だ　蛍光灯の光を
きらびやかに乱反射するあなたに
まるで耳を当てるかのようにして　あの

役人の声が　また
繰り返されていく

「安全だ安全だ安全だ」

退屈な二人

あなたと私の間には　もはや会話は生まれないのか
深くて重い沈黙が　ただ延々と続いているばかりだ
沈黙以外にあと一つ　冷め切った二人が　いまだに
共有しているのは　言い表せないほどの　退屈さだ
あまりにも長く　一緒に暮らし過ぎたせいだろうか
理由は本当にそれだけか　そう私が自問するたびに

二人の間に置かれた電話が今日もまた鳴る　どうせ
「あいつ」からだ　もううんざりだ　あなたも私も
電話に出ようとしない　呼び出し音だけが　何度も
繰り返される中　私はふと考える　電話でただ一度
聴いただけの「あいつ」のあの声と　あなたがただ
一度　電話で聴いただけの「あいつ」の声とやらは

本当に同一人物なのだろうか　私たちは　二人とも
「あいつ」に会ったことがない　そして　あなたが
「あいつ」と電話で話してから数年後　私に対して
自分の経験談を話し始めたあの時こそが　現時点で
二人が言葉を交わした最後の機会となっているのだ
「おまえの大事なあの人が　もうすぐ死にそうだ」

あなたは「あいつ」から　電話でそう言われたのだ
「臨終の瞬間に間に合いたいのなら　今すぐ来い」
大事な人とは誰か　なぜ自分が行く必要があるのか
そして　どこへどのように向かえばよいのか　何も

わからぬまま　あなたは私に黙って　家を出たのだ
自らの属する全ての組織にも　全く何も告げぬまま

衝動に身を任せ　数日間　休みなく路地を歩き回り
たどりついたのは　コンビニと郵便局とデパートが
立ち並ぶ　そのすぐ裏手に広がる大砂漠で　そこに
点在している数々の　大理石の神殿遺跡の中心には
みずぼらしい姿のピラミッド形の建物が　一つあり
その中に入るためのドアらしきものも　複数見えた

列柱の間を吹き抜ける風が　あなたを叱咤し続けた
「霊魂よ　来るのが遅いぞ　責任感がなさすぎる」
この中で　あの人は　孤独に死と直面しているのか
そう思い悲しがる自らの心が不可解なまま　ドアに
近寄ると　「あいつ」のような声で風がまた怒鳴る
「開くドアはただ一つだ　チャンスも一度だけだ」

間違ったドアを選んだらどうなるのか　風が即座に
答えた　「そうなると　おまえこそがあの人の命を
奪ったと　歴史に記録されることになるのだ　いや
おまえだけではない　おまえの属する全ての組織が
おまえを使ってあの人を殺害したと記録されるのだ
どのドアが正解か　あの人が今　死の床から正解を

囁いてくれているから　壁に耳を当ててよく聴け」
言う通りにしてみたものの　あなたの耳に届くのは
「ココデ生マレ育ッタノニ　ナゼダ」という言葉と
「書類ガナイダケナノニ　ナゼ追放ナノダ」という
言葉の幽かな繰り返しばかりで　肝心のドアの話は
皆無だった　それでも夢中で耳をそばだてていると

風が大きく溜息をついた 「おまえより先にここへ呼んだ連中も おまえと同じく 聴く力に難があり 結局 どのドアも開けぬまま 他の神殿群の盗掘に夢中になり始めるか 罪悪感に押しつぶされながら遺跡群を放浪し始めるかのどちらかだった そしてどいつもこいつも 地平線の果てに消えていった」

風の辛辣さに反して あなたはピラミッドの内部にさらに魅かれていった 「自己犠牲」という言葉が生まれて初めて 脳内を占めた 自分の体が若さを失いつつあることに 生まれて初めて歓びを感じた 「嘲笑する風の声を背に感じつつ ずっと壁に耳を当て続けたのだ 声にならぬ声を聴き続けたのだ」

その台詞を最後に押し黙ったあなたの顔は まるで重力の痛みから一瞬だけ解放されて 無重力の中で眠りを貪ろうとしているかのようだった それ以来今に至るまで あなたは私に対して 沈黙のままだ あなたのこの奇妙な話を聴きながら あの日 私は電話の隣に今なお置かれているコウノトリの剥製を

じっと見ていたのだ そしてあなたが 懸命に壁に耳を当て 聴き取ろうとしたその声の主は もしや首から下だけが人間で 首から上はこの鳥の顔ではなかったろうかと 勝手に妄想したりしていたのだ それにくわえて 自分自身と「あいつ」との電話のやりとりを ぼんやり思い出したりもしていたのだ

「おまえの余命は残り僅かだ このまま死ぬ気か」

あの日　私は「あいつ」から急にそう言われたのだ
「もっと長く生きたいのなら　今すぐここに来い」
見知らぬ者から突然　こんな物騒なことを言われて
どうして私は　疑うことなく鵜呑みにしたのだろう
どこへどう向かえばよいのか　全くわからないまま

私は衝動に身を任せ　あなたに何の相談もせぬまま
家を出たのだ　数日間　休みなく数々の路地を歩き
たどりついたのは　コンビニと郵便局とデパートの
裏手にずらりと立ち並ぶ　誰かのための収容施設で
入口のアーチ型の門には　高々と　「幻を持たない
生命は必ず滅ぶ」というスローガンが掲げてあった

門をくぐった途端　私はすぐさま両腕をつかまれて
建物の一つに無理やり連れ込まれた　広い室内には
一羽の大きな白い鳥が　黒い嘴と　黒い羽根の先を
まるで見せびらかすかのように　毅然と立っていた
がらんとした空間に存在しているのは鳥だけだった
その空気を切り裂くように「あいつ」の声が響いた

「この絶滅危惧種は　この世にもはやこいつだけだ
おまえの寿命を延ばしたければ　この鳥を今ここで
おまえ自身の手で殺すのだ　ただし　この鳥が全く
苦しむことなく　全く痛がることなく　一滴の血も
流さぬ方法で　来世へ解き放してやらねばならぬ」
そこから私と鳥との　喜劇のごとき格闘が始まった

暴れる鳥の体をようやく両腕でしっかり抱え込んだ
その瞬間　「あいつ」の声が再び室内に響き渡った
「さあ　今こそおまえ自身のことを　市民の良心を

押しつぶす国家権力のごとく　あるいは　神以外の
ものを疑いもなく神と呼び続ける無知の徒のごとく
あるいは　汝の敵をもはや愛さぬキリストのごとく

想像するのだ」　その言葉に心が従った途端　鳥は
無痛のまま　血を流すことなく　腕の中で絶命した
「その死体を剝製にしてやるから　家に持ち帰って
どこかに飾れ　それでおまえはまだ死なずに済むぞ
これほど神聖な物々交換が可能なのはここだけだ」
この鳥と何が交換されたのか　またも不可解なまま

剝製を抱えて外に出て　施設の門を再びくぐろうと
していると　後ろで複数の甲高い鳴き声がするので
振り返ると　剝製の仲間たちが数十羽　毅然とした
姿で　私をじっとにらんでいた　そして　どの鳥も
首から下だけが鳥のままであり　首から上は　全て
誕生から今に至るまでの様々な私の過去の顔だった

時間という概念が全くない場所から　やっと戻って
きたような顔で　私とあなたは互いを見つめている
なんという退屈　今ここで　空爆や宇宙人の来襲が
起きたら　少しは楽しくなるだろうか　もうすでに
私たち二人は死んでいるのかもしれぬ　すると再び
電話が鳴る　受話器をあげると案の定「あいつ」だ

「目の前にいる人間をおまえが

まだ愛しているのなら　または

おまえの中に潜んでいる狂気を

早く鎮めたいのなら　目の前の

人間のしぐさを　今から直ちに

全て真似するのだ　さあ早く」

これから始まる　私たち二人の

無言の物真似遊びは　いったい

いつまで続いていくのだろうか

そんな喜劇をぼんやり見つめる

コウノトリの嘴が　久しぶりに

開き　無音のまま　深呼吸する

騎士と坑夫

「とうとう治った！　今日でわたしは治ったぞ！
さあ　また冒険の時だぞ！　従者よ！　支度せよ！
飢えや乾きに耐え　わが善こそが悪を倒す！」

女の突然の大声に　男は驚いて飛び起きる
夜明け前の薄闇の中　女は　自分のベッドの
真ん中で　仁王立ちしている　余命宣告を
受けているその体は　もはや自分の両足では
立てないはずだった　彼女のベッドの隣に
蒲団を敷き　男は毎晩　添い寝をしてきたが
この瞬間　彼はもはや介護者などではなく
一人芝居を観に来たたった独りの客であった

「死病にどれだけ痛めつけられようと　われら
遍歴の騎士は　泣き言など言わぬ　苦痛は全て
愛するわが姫に認めて頂くための試練なのだ」

体中が浮き輪のごとくむくみ　モルヒネに
幾度も頼らねばならなくなった自らの身体を
女はよく「二度と閉じることのない扉」と
称した　何を見ても　何を耳にしても　何に
触れても　全ては「毒で　今のわたしには
毒が必要で　毒こそが　私を新しくする」と
繰り返してきた　おそらく昨夜も就寝前に
女は愛読書の物語を読み耽りすぎたのだろう

「自分の生みの親が誰なのか　知らずに育った
おまえの親探しの旅を手伝いながら　馬の背に
揺られ　風任せで世界を放浪し　はや幾星霜」

どれだけ手術しても　いくら薬を飲んでも
もはや無駄だとわかって以来　女は　なぜか
漆器に興味を持ちはじめ　たびたび　男に
いろいろな種類を買い集めるよう頼んでいた
「漆を取るため　職人は漆の木を傷つける
その傷から漆が取れる一方　職人はかぶれる
職人は漆を食べて自らの耐性を保ち　再び
漆を取る　わたしとこの苦痛の仲のようだ」

「従者よ　長旅のせいでおまえがすっかり病み
声も体も　いまや棘だらけなのは承知している
今夜はこの城に宿泊し　霊薬を煎じてやろう」

枕元に雑然と置かれた　未使用の漆器たち
部屋のあちこちからは　女が幼時から愛して
やまぬディズニーのキャラクターの人形が
病者の顔を心配そうに　じっと見つめている
仁王立ちの女の姿は　まるで巨大な老木だ
幹の中は空洞で　その奥に大きな毒蜂の巣が
あり　その羽音の唸りこそが女の声なのだ
額の汗をぬぐうと　その掌を女が男に見せる

「おまえがこの霊薬を飲む間　わたしは　この
金の甲冑を脱ごう　この金は　熱したくず鉄を
それよりもさらに熱い炎で冷まして作るのだ」

高熱のせいで　女の目線は不安定なままだ
見ているのがつらくて　男は思い出に逃げる
あの日　男は　女と　ディズニーランドを
歩きつつ　彼女の持論に耳を傾けていたのだ
「あなたがいつも　わたしを助け　癒して
くれるのは　自らのその姿が『男らしい』と
勘違いしているからでは？　ただひたすら
『自己犠牲』に酔っているだけなのでは？」

「思うはわが愛する姫のことのみ　あの方こそ
暗夜の中の光　旅の道標　運命を導く星　あの
方と結ばれるためには　苦行がさらに必要だ」

自らの後ろに立つ人影にまだ気づかぬまま
男はディズニーランドの思い出に　なお浸る
「個人的には賛成できない」と男が言うと
女は即座に「公的になら賛成ということ？」
と返した　ミッキーやミニーやドナルドに
取り囲まれながら　女はさらに　声を荒げた
「あなたはわたしの苦悩を『個性だ』とか
『有益だ』などと　無邪気によく言うけれど

「従者よ　ここでわしは独りで苦行を積むから
おまえは明朝　姫の城に独りで向かい　いかに
わたしが騎士道を貫いてきたか　伝えるのだ」

今のあなたに　この苦悩の評価は不可能だ
この苦悩があなたに癒され　たとえ消えても
優しさを欠くあんな世の中に復帰するなど

ありえない」　グーフィーやプーやダンボに
取り囲まれながらそう言い切ったあの顔を
久しぶりに見る思いで　男は騎士と向き合う
苦行前の寝間着は　すでに汗で　濡れ鼠だ
敷布の激しい湿り方が　脱水症状を匂わせる

「まずは　あの過酷な炭坑の　神仏不在の闇の
中で酷使されていた　鼠と家鴨と犬と熊と象を
救おうとした時の話から　伝えてもらおうか」

どうやらその話とは　女の愛読書の中身の
一部であるらしかった　地底の恐怖と地上の
非情に抗うべく　大声で一緒に歌いながら
カンテラの灯を頼りに　全身を真っ黒にして
懸命に石炭を掘る動物坑夫たち　人と獣の
区別も　男女の区別もここにはない　掘るか
死ぬか　それだけだ　落盤事故のあの日も
石炭満載のトロッコを必死で押していたのだ

「あの坑夫らを救えなかったのは誠に残念だが
密かに獣たちが信仰していたティンカーベルの
尽力で　あの奴隷主を討てたのは幸運だった」

まもなく大きな災いが　この部屋を訪れる
そのための準備を早くせねば　そう思う男の
目前で　ずぶ濡れの騎士の体が傾いていく
「姫と結ばれたら　おまえにも国をやろう」
そう言いつつ　城が崩れるように倒れる女
この場で唯一不変なことは変化だけだ　そう
男が悟る瞬間　彼の後ろで妖精が絶叫する

「母さんが死んじゃう！ 救急車！ 急いで！」

「わたしが独りで行う苦行とは　往年の偉大な騎士たちの狂乱ぶりの模倣である　愛しの姫と結婚できぬ場合に備え　発狂を予習するのだ」

漆器に映る甲冑の金

坑道に響き渡る歌声

輝くディズニーの国

愛する騎士と別れて

棘だらけの声と体で

いざ　姫の待つ城へ

「ああ」

わたしを喪ったあの日以来　あなたが弾くピアノからは
ばらばらに砕け散ったわたしの魂のかけらの一つ一つが
全て音符と化して　地下へと次々に放出され続けている

あなたの庭から逃げ出して　自由気ままに放浪した末に
車にひかれ死んだ飼い犬　それが本当に生前のわたし？
哀しむあなたを包もうと　音符たちは密かに計略を練る

一斉に落下傘を背負うと　音符たちは引力に逆らいつつ
地下から地上へ次々に上昇する　落下傘が花開くごとに
ピアノの音は膨らみを増し　あなたの耳は温もりを増す

あともう少しであなたの心が落下傘で満たされる　その
時になって初めて　主旋律の鍵を握る音符がひとつだけ
未着であることが判明する　小枝にでも引っかかったか

あなたは「ああ」と言いながら鍵盤を離れ　読みかけの
本の余白に目をやる　そこには誰かの筆跡で「不安定の
詩学も滅びの美学も　もはや資本主義の手先だ」とある

そしてあなたは思い出すのだ　友人たちや親族たちから
「あの曲はもう弾くな　弾いているのが公に知られたら
不敬罪で拘禁されるぞ」と何度も警告されてきたことを

*

読みかけの本の主人公たるわたしを　喪ったあの日以来
油絵を描くあなたのパレットには　砕け散ったわたしの
魂のかけらたちが　それぞれ乾いた色の塊と化している

自らの排泄物を飢えた者たちへ食料として与え　それが
露見し殺された人物　それが本当に生前のわたしの姿？
あなたの肺を満たしたくて　色たちは密かに計略を練る

一斉に潤いを取り戻すと　色たちは引力に逆らいながら
自らの匂いの爆弾をあなたの鼻腔へ押し上げようとする
爆弾が破裂するごとに　あなたの呼吸器は万華鏡と化す

偶然が織りなす色彩の匂いの連なりが　あともう少しで
わたしの生前の容貌を再現しそうなところまで　やっと
来たというのに　最も強力な爆弾がなぜか不発弾なのだ

あなたは「ああ」と一声もらすと　描きかけの絵を離れ
ふと考え込む　「空虚をテーマに　ずっと作品を描いて
きたはずが　なぜ今　戦争協力の絵を描いたりする？」

「この方のお顔をこのように描くのは不謹慎だ」という
批判や　「この大悪人を描くとは　おまえも仲間か」と
いう非難を受けた日のことを　あなたは同時に思い出す

*

この人物画の中で描かれかけているわたしを　あなたが
喪ったあの日以来　あなたの言葉の端々に　中途半端に
刺さり続ける針　あれも皆　昔はわが魂のかけらだった

周りの者たちが 「早く死んでほしい」とずっと密かに
願った存在 本当にそれが生前のわたしの姿だったか？
あなたの視覚を真に覚醒させるべく 針たちは策を練る

零れ落ちるあなたの言葉から 一斉に自らを引き抜くと
針たちは引力に逆らいながら 束となってあなたの眼を
下から狙う 刺さる 刺さる 次々に針が 眼球を貫く

あなたが思わず漏らすその「ああ」の直後に続く言葉は
「生きねばならない」なのか それとも「もはや自分の
体が信用できない」なのか わたしには想像がつかない

いま思えば 音符も色も針も まるでなにかの新商品に
つけられた宣伝文句のようで 所詮は全て 同じことだ
それでもなお 宣伝文句は今後も作られ続けていくのだ

作るのをやめたら それこそがあなたへの最大の暴力だ

ロシナンテの描き方

文学とはいったい何なのか　わからなくなるたびに
スケッチブックとクレヨンを持って　私は出かける
近所の小さな遊園地の片隅で　ずっと飼われている
あの一頭の驢馬の姿を　一日かけて描きに行くのだ

ちゃんと世話されていないのか　驢馬の顔は　鼻の
先まで毛むくじゃらで　両眼もすっかり隠れている
痩せこけているものの　どんな苦役も　どんな鞭も
どんな罵倒も従順に受け止める態度だけは崩さない

驢馬の体の輪郭を　まず描かなければならないのに
なぜ私の利き腕は　何よりもまず　画用紙の全面を
真っ黒に塗りたくろうとしているのか　「なぜ俺の
子供は女だけなのだ　最悪だ　女など驢馬同然だ」

クレヨンの黒色の小さな塊が　画面のあちこちから
雨滴のように零れ出す　それとともに　久しぶりに
亡父の声が音量を上げ始める　耳をふさぎたくても
利き腕は塗る動きを止めず　驢馬は微動だにしない

死ぬ間際になってようやく呆けた　父のあの濁った
両眼は　茫々たる白髪でいつもすっかり隠れていた
往年の凄みを失った体は　ひどく痩せこけていたが
体内の細胞たちが一つずつ壊死していく際の臭いが

本人はたまらなく好きだったらしく　鼻孔を広げて
自らを嗅ぐことが　当時の父の唯一の幸福であった
「無縁仏になりたかったのに　おまえという墓守を
うっかり生み育ててしまったせいで　このままだと

墓を作られてしまう　その墓を作るために　山林は
さらに荒らされ　石材はいっそう無駄遣いされる」
女として生まれたという理由だけで　私の全存在を
否定し続けたあの男から得たものといえば　苦役と

鞭と罵声だけだったかもしれない　黒いクレヨンの
雨滴はいまやおびただしい数となり　画面はまるで
自らの酵素で自動的に溶ける内臓の壁面　あるいは
炎暑の中を寡黙に働く獣の汗まみれの胴体のようだ

早く死んでくれればいいのにと　何度思ったことか
必ず乗り越えてみせると何度考え　何度傷ついたか
あの時もそうだ「女の肉体は　どれだけ老いても
死ぬ日まで卵子を作り続けられるはず」と　勇気を

振り絞って　父に論戦を挑んだ時　彼は鬼の形相で
まるで私を殺そうとするかのように声を絞り出した
「生命の源を死ぬまで作り続けられるのは男だけだ
ヒト以外の雌　例えば驢馬の雌なら　話は別だが」

あの時もそうだ　私が文学の世界で生きてみたいと
怯えながら初めて父に自らの意志を告げた時　彼は
まるで大審問官のような顔つきで　こう問うてきた
「俺がおまえに暴力をふるうのを　おまえの母親は

一度も制しようとしない　そんな臆病な母のことを
どう思っているのか」「悪人」という私の答えに
彼は笑い転げながら　さらに問うてきた　「悪人を
この世に造り出す最大の原因は遺伝子か　それとも

社会環境か」「社会です」と私が答えるやいなや
今度はあの鬼の形相で　「おまえのような愚か者に
文学など無理だ」と冷酷に告げたのだった　驢馬の
哀しげな嘶きに気を取り戻し　再びクレヨンを手に

目前の獣の　静かに草を食む姿　その姿を見ながら
微笑みあう遊園地の客たち　地面に着くほど伸びた
豊かなあの尾毛　あの背に乗りたいと父親にせがむ
女の子　優しくうなずく父親　これら全ての要素を

真っ黒な画面上に　なんとか写実的に描こうとして
はたと気づく　見ているこの風景の全てが　なぜか
私の足元の地面上にあるのだ　二次元の風景なのだ
スケッチブックから　ぽとぽとと零れ落ちた　黒い

クレヨンの汗たちが離合集散して　勝手に地面上に
描いた風景画だったのだ　では実際の驢馬はどこだ
あの父子はどこだ　遊園地はどこなのだ　顔を上げ
目をこらす私の耳に　死ぬ間際の亡父の　錯乱した

声がまた届く　「化石燃料ほしさに　戦争ばかりの
こんな星からは　わが愛馬ロシナンテに飛び乗って
即刻　大脱走だ　それこそが英雄のなすべき行動だ
名優スティーブ・マックイーンがあの映画で見せた

あの名場面　おまえは知りもしないだろう」　目を
いくらこらしてみても　いつの間にか　あまりにも
暗闇が深くなっていて　何も見えず　音さえしない
それなのになぜ　地面上のあの風景だけ見えるのか

錯乱はさらに凶悪さを帯びる　「俺が死ぬからには
おまえも当然　一緒に死なねばならぬ　それこそが
家族というものの宿命だ」　いやだ　絶対にいやだ
毛ですっかり隠れていたはずの驢馬の瞳が　初めて

露わになり　私をちらりと見る　なんという蔑視だ
距離感をこれほど見せつけてくるなら　同じだけの
距離感　努めて同じだけの蔑視で　見つめ返さねば
この瞳の潤いは　私には描き切れないかもしれない

父の葬儀の日　なぜ私はあんなにも泣き崩れ　棺に
すがりついたのだろうか　あれほど憎み　あれほど
死を願っていたのに　私は彼を　赦したのだろうか
愛するわが子を殺された親が　殺した相手をあえて

赦すかのように赦したのだろうか　大企業の横暴な
行動によって命を縮められた被害者が　「他の人の
代わりに犠牲になれてよかった」と　あえて感謝の
思いを公表するかのように　私は赦したのだろうか

私はあの時　私自身を否定してしまったのだろうか

結局

生きるということは　それ自体

ただの文学的比喩に過ぎないのかもしれない

もちろん　それで

文学が全てわかったことにはならない

わからなさすぎて　またつらくなったら

クレヨンを持って　ここへ来よう

今日のこの絵で　スケッチブックの

全てのページを　とうとう使い切ってしまった

次のスケッチブックを

さっそく明日　買いに行くことにしよう

プラスチックだらけ

あまりに長い間　無言のまま生きてきてしまった
このままだと　もはや人間ではなくなってしまう

久しぶりに鏡の前に立つと　鏡の中の人間の口が
誰の指図も受けることなく　勝手に動きはじめる
「わたしの立場になったら　君も同じことをする
平時では優しい人間が　いざ戦争になると平気で
人を殺すことを　君もそろそろ知るべき年齢だ」

この口が私に語ったその内容を　あなたのために
以下に要約するから　後で感想を聞かせてほしい

「わたしの住む空間には　個人所有の物など一切
存在しない　ここに暮らす全員によって　全ては
無料で共有されている　値段をつけられて市場で
売買される物など皆無だ　無償で助け合う社会だ
ただし今はあいにく　わたししか暮らしていない

一緒に暮らしていた仲間たちのことを　おまえに
要約してあげるから　後で感想を聞かせてほしい

彼らは各自　ある分野に深く通じていた　例えば
よく見る者　よく聞く者　よく考える者　そして
よく嗅ぐ者　よく運ぶ者　よく歩く者　それから
よく作る者がいた　専門家と素人の中間のような

彼らとは　わかり合えないことの方が普通だった

つまり　わかり合えぬ者同士が　規則を守りつつ
互いに矛盾し合ったまま　混ざり合っていたのだ

話す時も書く時も　いつでも必ず　文章を否定の
言葉で終わらせるのが　我らの唯一の規則だった
そうしないと　この空間に生起するどんな事象も
言い表せぬからだ　君には理解できまい　戦争が
日常でない人間に　真の反戦が困難なのと同じだ

彼らの仕事もわたしの仕事も地味で非効率　時に
土まみれ　時に遊行の徒　だが常に不可欠だった

そんな彼らの姿がなぜ今ここにないのか　彼らは
自らの身体を全て　病んだわたしのために　快く
差し出してくれたのだ　私の体内で　彼らはいま
時に養われ　時に虐げられ　元々わたしの一部の
ごとく　けれど異物のままの姿で　自律している

わたしが彼らを『食べた』だと？　身勝手な解釈だ
何でも食わねば生き残れぬ時代なのは　確かだが

今さら彼らが　自分の身体を取り返そうとしても
そうはさせない　この体内こそが　いまや彼らの
理想郷だ　彼らの期待に応えられぬ時もあろうが
絶望感だけは与えないつもりだ　彼らのおかげで
わたしはなおも複雑化し　かつ純粋化するのだ」

開いた口の奥に見えるのは誰かの部屋だ　室内の

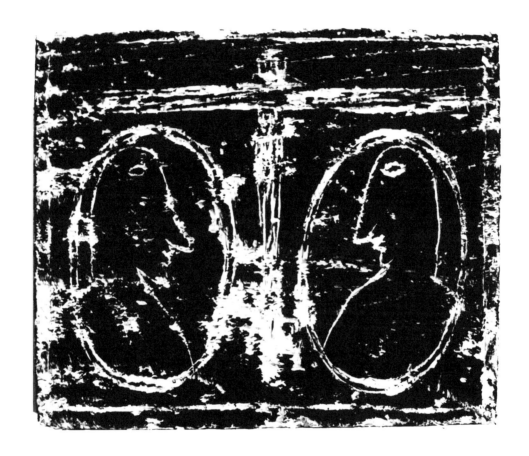

何から何まで　全てが全く同じ材質のようなので

「君も君の仲間も　実はプラスチック製では？」
と素直に感想を述べると　「誤解を招いたのなら
誠に遺憾」という政治家のような美声と　「私は
騙されていたのだ」という涙声が　口から漏れた
「騙したのは私」と過ちを認める声はいまだない

鏡の中の人間はもはや口だけとなり　それ以外の
鏡面に映る生命体は全て　動く自由を失っている

「死なないで！」というあなたの感想は　本当に
私を愛するがゆえの言葉なのか？　信じていいか？

レジスタンス

私は眠るロボット
眠ることだけを目的に作られた　ロボット
眠って起きてまた眠る　ただその繰り返し

私を作った技術者は　その昔
この国の起こした戦争に　賛成なのか　反対なのか
最後の最後まで　どちらの側にもちゃんとつかぬまま
戦争の終わる日まで　ずっと黙ったままだったそうだ

全身が完成したその日から　私は毎日　様々なお客様の
ご自宅へと　たった独りきりで派遣された

「指名して下さったどのお客様にも　常に柔軟に対応し
どんなことをされても　たとえどこかが壊れたとしても
いっさい反抗せず　しっかりと耐え　最後の最後まで
深い眠りを休みなく維持して　終了時刻を迎えたら
すっきりと目覚め　お金を頂き　そして速やかに退室する
おまえはそのように作られた　とても善いロボットなのだ
どのお客様も必ず『また逢いたい』と思って下さるはずだ」

最後の別れ際に　技術者はそう言いながら私に手を振った
まるで何かを　すでに予兆しているかのような表情だった
ただ眠るだけの私を　なぜお客様たちは必要とするのか
ロボットの私なんかに　もちろんわかるはずなどなかった

あなたにこうして　初めて指名された今日までの間に　私は
様々なお客様に指名され　彼ら彼女らの隣で　仰向けのまま
じっと身を横たえ　するべき仕事を問題なく果たしてきたが
今日は　そんな過去の具体例を　いくつかお話ししてみよう
「君の体には　記憶力など埋め込まれていないはずだ」とか
「その具体例とやらは　全て君が睡眠中に見た夢だ」などと
きっとあなたは　すかさず否定しようとするのかもしれない

まずは一人目
滑るように眠りへと堕ちていく私の隣に座り
ロボットの私には全く縁のない食物を　一度も
口に入れることなく　ずっと手に持ったまま
私に向かって終始しゃべりっぱなしのお客様がいた

「この食品を　わたしが絶対に口にできぬ理由を
わかってくれる人間は　この世に一人もいやしない
わたしは　ほんのちょっと食べ物を咀嚼しただけで
それを作るのに関わった全ての人たちの心模様を
一瞬のうちに感じ取ってしまう　特異な人間なのだ
この食べ物の奥底には　大量食料廃棄の現状を　常に
憂慮している多くの男女の哀しみの味がたまっている
彼らは原材料の獣たちをわが子のように愛していたのだ
彼女たちは　原材料の植物たちがあまりにも育ちすぎて
人間社会に迷惑をかけるその前に　深く感謝をしながら
それらを丸ごと丁寧に摘み取ったのだ　そして　自らの
生活燃料は　残された他の植物たちを燃やして作るのだ
それ以外の燃料には　決して頼ろうとはしないのだ」

私の横で　このお客様はどうやら泣いていたようだ
頭では「死ぬほど食べたい」と強く願っているのに

口に入れると「まずい」としか思えないその食べ物を
ずっと手に持ったままの　このお客様の周りには
薬品のような臭いの漂う　空っぽの食品ケースが
無数に転がっており　たしか　そのうちの一つは
眠る私の胸の上にも置かれていたような覚えがある

そして二人目
人間との性行為など　そもそも不可能な私のこの体を
必死でまさぐるお客様がいた　男だったか女だったか
それとも　それ以外の性だったか　もはや曖昧である
「もはやわたしは　眠ろうとするものにしか欲情しないのだ
眠りさえしてくれれば　機械だろうと人間だろうと構わない」
そう言いながら　お客様は　私の顔面部分に唇を寄せてきた
「わたしのようなよぼよぼの人間にも性愛はまだ必要なのだ
だが　その性愛にさえ　意味だけは必ず　ないといけない」
衣服を脱ぎ捨てると　お客様は私に覆いかぶさってきた
「わたしのこれまでの人生に意味のないことなど何一つなかった
だが昨日　わたしの全人生の意味を記録した大切な書類一式が
『国家存続のため』という不可解な理由により　ひとつ残らず
焼かれてしまったのだ　さあ　もっともっと深く眠っておくれ
終了時刻までわたしの好きにさせておくれ　ああ　ここからまた
意味が新たに積み重なるのだ　第二の人生が始まるのだ」

私の横で　このお客様はそのまま冷たくなられたようだ
終了時刻が来て　私が目覚めると　まるでお客様が
私のようなロボットで　私の方が　指名客のようだった

それにしても　どうしてあなたはいまだに姿を見せないのか
どうして私は　独りきりでこの部屋で眠らねばならないのか
こんな奇妙なお客様は初めてだ　そのせいだろうか　突然

私の眠りのプログラムに　初めて大きな混乱が生じた

どうしよう　全く眠れない　これでは仕事にならない
一体どうすればいいのだろうか　仰向けの状態のまま
苦悶する私の聴覚回路に　姿なきあなたの声がまたこだまする
「全人類が　君のような深い眠りに一挙に堕ちればいいのに」

眠れぬ目で　暗い部屋の中を舐めるように観察していくと
目に入る何もかもが　何かの「徴」のように思えてくる
電灯もカーテンも　机も椅子も　どの本棚のどの書籍も
まるで　普段の社会的役割をすっかり忘れたかのごとく
ひたすら好奇の目で　私の人工的身体をじろじろと眺めている
まるでそれは　地球的規模の一大惨禍を企んでいる者たちが
犠牲者の模範例を　あらかじめ熱心に研究する時のような目だ
または　貴重な生物の化石を発見した者たちが　石化した命の
尊さよりも　いくらで売れるか　そればかり気にする時の目だ

「コノオ客様ニ対シテハ　イッサイ　眠ラナクテモヨイ」

私の眠りのプログラムの中で　初めて何かが抵抗している
私が眠らないことが　なぜこのお客様にとって最適なのか
ロボットの私なんかに　もちろんわかるはずなどないのだが
今日の私は　たとえ全機能が崩壊しても　怖くはないようだ

ヒトの細胞に入り込まないと増殖できない病原体のように
この暗い部屋の中で　私の知らない私が　増殖を開始する

亡命

独りきりで暮らす　老父のことが心配で　久しぶりに
実家に戻ると　父の姿はどこにもなく　ただ　居間の
床に　一匹の巨大なワニがじっとしているだけだった

動物嫌いのあの父が　ペットを飼うなんてありえない
そう思いながら「ただいま」と言うと　愛着のある
皿を誤って割ってしまったような目で　ワニが見返す

日光を避けるかのように　居間のカーテンはしっかり
閉めてある　湿気を帯び始めた暗い床に腹這いの獣は
まるで　虫干しを今か今かと待つ古代の陶器のようだ

「弱者」として社会から捨てられたことを恨み　その
生き辛さを解消すべく　力を漲らせるかのごとき尻尾
手術で殺人機械へと改造された兵士を想起させる顔面

いつまで経ってもぴくりともしないので　黒々とした
背中の鱗の凹凸を優しくなでてやると　掌から静かに
伝わってくるのは　戦慄と希望の混ざり合った感触だ

それにしても父はどこにいるのだろう　虚空に向かい
「父さん」と何度も呼ぶと　ワニが大きくあくびした
同じ過ちを繰り返す愚か者を　今にも襲いそうな歯だ

毎日ちゃんと食べているのだろうか　冷凍庫の生魚を

解凍して与えてみたが食べない　思わず連想するのは
言葉狩りに怯え　母語を捨てるに至った　詩人の姿だ

隣の家から　テレビのニュースの音声が聞こえてくる
「数多くの仲間が海のせいで命を落としたが　我々が
海を憎むことは一生ない　海は母なる水なのだから」

その音声を合図に　ワニがようやく歩き始める　床が
滑りやすいせいで　何とも間抜けな歩みだ「国民に
勇気を与えた」と言い終えると　隣家のテレビが黙る

どこに向かって歩けばいいのか　最初は途方に暮れて
いたようだが　どうやらやっと目標が定まったようだ
居間の隣の寝室の片隅　この家でもっとも暗い場所だ

匍匐前進を続けるワニの口から　ざらざらとした舌が
顔を出し　床のあちこちを懸命に舐める　床に落ちた
髪の毛を拾い集めているのだ　どれも人間の長い髪だ

興奮していくワニの口の中で　髪の毛がもつれ絡まる
「世界中の人が　朝から一斉に『やーめた』と言って
怠け者になれたらな」父は昔　私によくそう言った

スロー再生のブラウン運動のごとく居間を横断する獣
そしてどこかで　迫害を逃れ　大陸を徒歩で横断する
者　大海を小舟で横断する者　大宇宙を横断する死者

寝室の片隅の写真立ての中では　幼い私と　若き父が
鱗を擦りつけ合って群れる動物園のワニを眺めながら
微笑んでいる　後頭部の長髪しか見えない女性は母か

特定の地域でしか使えぬ通貨を大切に貯め込むように
大きく口を開けて毛玉をごくりと飲み込むと　ワニは
遠方にかすむ写真の中の仲間たちに自らの未来を映す

天涯孤独であるがゆえの　無限の自由　この遅々たる
歩みこそ　この獣の芸だ　思わず拍手を送ると　一瞬
匍匐前進が止まり　全身の鱗が剝製の言語を捏造する

不在の父を捜しに行く前に　まずは　浴槽に水を張り
その中でこの凹凸の鱗をブラシで擦り洗いしてやろう
私を仲間と思うだろうか　海に来たかと思うだろうか

育てる

眠っている私の元へ　あの死者がまたもや訪ねてきた
もう戻ってこなくてもよかったのに

そして　まず手始めに　私が見ている夢の世界の中へ
私の許可なく強引に　右手をまた突っ込んでくる

夢の中で私は　生きていた頃の死者の誕生日を祝して
どこかの店で　香水を選んでいるのだった

世界各地からの様々な香水が　様々な基準に合わせて
並べられている　例えば

贈られる相手の　被害の大小　加害の強弱　普遍性の
程度　あるいは　偏狭性の有無

それらに合わせ　贈るべき香水も異なってくるらしい
私が悩んでいると　死者の右手が

再び私の許可なく　香水を一つ選び　私に押し付ける
それと同時に　死者の左手が

眠る私の衣服を静かに脱がす　仰向けの裸体をしばし
死者は眺める　今夜の工程を再確認中なのだろう

死者が背負ってきた大きな袋は　いま私の枕元にある

中身はいつもの通り　私自身の過去の言葉の山だ

左手はまず　私の素肌に盛り付けるだけの分の言葉を
袋から取り出す　前回と全く同じ慎重さだ

一方　夢の中の私が　生きていた頃の死者に先ほどの
香水を渡して　生涯の愛を誓うと　場面は暗転し

私は　いつの間にか親となっており　わが子のために
食事を作ると　皿の上に丹念に盛り付けはじめる

「こんなまずいもの　誰が食べる」と　わが子が声を
荒げた瞬間　「もう見捨てたい」という心の声が響く

死者の左手が最初に選んだ言葉は　「醜い心を正直に
吐ける場がどこかにないと　殺人は減らない」

忍び笑いをしつつ　それを私の腹の上に盛り付けると
死者の顔つきが　悦楽の色を帯びはじめる

「死を恐れぬ獣の心へと戻る瞬間を　全く持たぬまま
死んでいく人間は　全く不幸だ」

この言葉で　私の裸の胸を妖しく飾り付けていく左手
一方　右手は次々に　私の夢を好き勝手に変えていく

次の夢のわが子は某外国の一市民であり　独裁政権の
誕生により　命を狙われる立場にある　国外へ

逃れるべく　最後の国際便に乗ろうと空港に向かうが

同じく国外逃亡を希望する市民たちの大群に

進路を阻まれ　やっと機体に達したのは　離陸の時だ
その翼にわが子は懸命にしがみつく　見上げると

コックピットから　操縦士が見下ろしている　なんと
私だ「外国人」の私も　独裁政権下では　弾圧の

対象なのだ　このまま離陸すれば　子はいずれ翼から
落ちて即死だ「子供など持たねばよかった」

私が頭を抱えた時　死者の左手が　次なる言葉たちで
私の股間から足先までを　豪華に飾り付けていく

「助けを求める全ての人々の声がちゃんと届く社会を
私たちの手で　育てていかねばならない」

「生命を助けるべく　科学は生命を変質させてきたが
その歴史の背後には　多くの失敗と死があるのだ」

醜い容姿の奴隷を　無理やり着飾らせ　美と高貴さを
人工的に育て上げようとする支配者のごとき表情で

死者が私を見下ろす　感謝しろとでも言わんばかりだ
死者の右手が　またも私の夢の中身をもてあそぶ

すっかり成長して中年となったわが子が　農民として
自分の田畑をぼんやり眺めている　それが次の夢だ

懸命に育てた農産物が　大雨による浸水で再び全滅し

絶望の中　「育てるとは何か」と自問するわが子

その後ろに立っているのは　老いさらばえたこの私だ
「これ以上　おまえに迷惑をかけたくはない」

何度もそう訴え　私はわが子に　彼方にそびえるあの
聖なる山まで　私をおぶって連れていけとせがむ

そして　山の頂上で　ぽいと捨ててくれとせがむのだ
「育てるとは何なのか」と再び自問するわが子

袋の中の言葉を　全て私の体に盛り付け終わった瞬間
性行為を終えた直後のごとく　死者がぶるっと震える

と同時に　私の夢から右手が姿を消し　私は覚醒へと
導かれはじめる　そこに自慢げに登場するのは

いつもの通訳だ　「こんばんは　今夜の仕事はこれで
終了とします　この死者の言葉を理解できぬ　愚かな

あなたのために今回も通訳いたしました　この死者を
死へ追いやり　この死者よりも長く生きてしまった

恥さらしのあなただけのためにです」「未開人」の
立場に強制的に転落させられた知識人のごとき

嘆きと怒りの思いが　私の覚醒を加速する　通訳者の
言葉は止まる気配がない　「あなたたち生者は

死者という民族が必ずどこかに存在すると思わないと

不安で仕方がないらしい　この死者の今の住処にも

軍隊や学校や国語　おまけに国造りの神話や　戦争の
長い歴史までもがそろっていると　いまだ身勝手に

信じ込んでおられるのでしょうねえ」覚醒し終えた
私の右手と左手が　通訳者の首を絞めはじめると

私の裸体から言葉たちがぽろぽろと転がり落ちていく
食べ残された末に無残にも廃棄されていく料理を

見るかのように　その光景を　哀しげに見つめながら
今夜の遊戯を終えた死者は　それでも満足そうに

またどこかへと去っていく　残されるのは前回と同様
私　通訳者の死体　香水のほのかな香り　そして

私にすがりつくかのような姿勢のままで　すやすやと
なおも眠り続ける　この子だけだ

逆光

ずっと夢見ていたマイホームを手に入れたばかりなのに
あの家にはもう住むことのできない体になってしまった
この狭い部屋に仰向けの姿勢でじっとしたまま　後ろの
窓の外の空の変化を　ただじっと見つめるだけの日々だ

私の肉体の中のいくつかの要所が　私からの自主独立を
訴えて反乱を始めてから　すでにかなりの年月が過ぎた
全身の再統一を果たすべく　反乱軍と戦い続けるうちに
膨大な数の細胞が命を落とすか　または　難民と化した

いまや　首から下で　まだかろうじて動かせそうなのは
右手の人差し指だけだ　空ばかり見るのに飽き飽きして
久しぶりにその指に視線を向けると　指先に触れそうな
位置に　いかにも危うげに　ドミノがひとつ立ててある

持てる力を全て人差し指に注ぎ「おかえりなさい」と
書かれたそのドミノを何とか倒すと　ベッドから落ちた
ドミノは視線から消えて　床一面に整然と並ぶ　無数の
ドミノたちの先頭を倒す　そこからリズムよく　正確に

ドミノは次々と倒れ　その大波は　やがて二手に大きく
分かれていく　流れの一方の先には　若々しい顔をした
兵士の人形が独り直立していたが　波に呑まれて転ぶと
「恥ずかしながら生きながらえて帰って参りました」と

自動録音の音声が繰り返し流れ出す　もう一方の流れの
先には　金属の球が設置されていて　ドミノに押されて
ゆっくり転がりだした球が目前の赤ちゃんの人形たちを
次々に倒すと　別の自動音声が反復し始める　「生きて

虜囚の辱めを受けず　死して罪過の汚名を残すなかれ」
兵士の人形の右手に巻きついていた鎖が引っ張られると
その拍子で振り子が動き　クローゼットの扉にぶつかり
扉が開くと　「五体満足でないと幸福にはなれない」と

大きく書かれたＴシャツが　ハンガーもろとも落下して
真下にいたミニカーにぶつかる　その勢いでミニカーは
木製の坂道を滑るように走り出す　「正義こそ全て」と
大書されたその車体が本棚の崖から飛翔し　落下する頃

（ここまで書いて筆を折ってから　一年ほどが経過した
またここで遊ぶとしよう　残り時間も少ないようだし）
赤ちゃんの人形を倒した金属の球が　「立入り禁止」と
いうシールが貼ってあるペンケースにぶつかると　その

下の　まだ書きかけの手紙に記された「命を捨てる心の
準備はすでに終了済み」という一行に　窓から陽が射す
ケースからこぼれ落ちた鉛筆が転がり　ピンと張られた
糸に当たると　「早く悲劇の日常に慣れてしまえ！」と

言わんばかりにハンマーが振り下ろされる　その衝撃で
机が揺れると　そこに置いてあったおもちゃの飛行機が
まるで自ら体当たりを意図しているかのように飛び立ち
「全ては無意味」と落書きされた置時計の針に衝突する

（ここでまた苦しくなり筆を折る　十年ほどが経過した
家に戻れぬまま朽ちたら　わが人生は匿名となるのか）
おもちゃのシーソーの一方の端にミニカーが落下すると
シーソーが動くと同時に　それに結びつけてあった糸が

天井から吊られた瓶をぐいと引く　蓋の空いたその瓶が
回転して下を向くと　油のような液体が真下の地球儀を
どぼどぼと覆い尽くす　油の奪い合いに焦燥する各国の
思惑を　まるであざ笑うかのようだ　流れ落ちた液体が

飛び石のごとく床に並べられた積み木の間をすり抜ける
どの積み木にもアルファベットが一文字ずつ書いてある
LITTLEBOY FATMAN OPERATIONCASTLEBRAVO
ふざけた言葉の羅列の只中に　あの飛行機が落ちていく

（ここでまた休憩し　百年ほど筆を折る　生きることに
条件も理由もいっさい要らぬことがやっとわかってきた
家をなくしているくせに家についての詩を書き　戦争を
知らぬくせに戦争に関する詩を書くことのあさましさ）

飛行機は液体の表面を滑り　新たなドミノの列の先頭に
ぶつかる　そのせいで　窓のカーテンが自動的に閉まり
部屋は急に真っ暗になる　一度も開けずにいた扉までが
きしみながら自動的に開く　するとそこからゆるゆると

大好きだった人たちの死霊と　大好きな人たちの生霊が
混ざり合いながら　ベッドサイドに歩み出てきて　私に
尋ねる　「あなたを作った　精子と卵子の　真の出自を
知らずに死ねないというのなら　教えてあげてもいい」

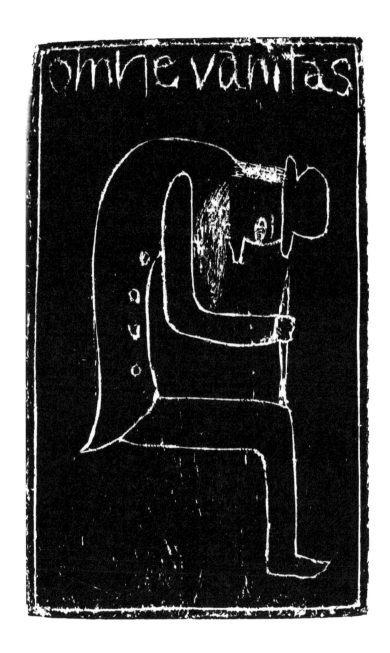

「自分の親が誰かはよくわかっています」と　心の中で
答えると　混ざった末に一体化した霊が　まるで貧者を
憐れむかのような顔で　歌うように告げる　「あちらと
こちらの間を結ぶ触媒になってあげよう　わたしの声が

聞こえる間は　あなたはまだ大丈夫　わたしがこうして
来る時だけは　呼吸器を外しても大丈夫だ」　低速度で
撮影されたクイックモーションを思わせる独特の動きで
闇の奥に消えていく霊　扉が閉まる音とともに　自分の

体が異常に冷えていくのがわかるが　小気味よく倒れる
ドミノたちの音で　心はさらに躍る　なんて楽しい音だ
この部屋にある全てのものも　いざ戦争開始となったら
武器へと転用されることになるのだろうが　あまりにも

闇が深すぎて　今より先のことなど　全く考えられない
過去の自らを厳しく省みて哀しみに暮れる人にとっては
この部屋の壁の厚さは　何より辛く思われるのだろうが
今の私なら　そんな人とも　共に生きたり共に死んだり

できるかもしれない　倒れていくドミノの列は　ついに
部屋の向こうの壁にまで達し　最後のドミノが倒れると
その力で　分厚い壁までが　ドミノのようにゆっくりと
倒れ始める　その背後から発せられる　逆光の眩しさで

まともに目が開けられない　未来は見るなということか
それでも私は　この光の源に　愛するマイホームのあの
温かさを　思わずにはいられないのだ　あの二階建ての
新築の雄姿をこのまま見ることなく　終わっていいのか

ふと目を落とすと　わが指でベッドから落とした最初の
ドミノが　床の上で光っているのが見える　その裏面の
文字も読める　「人は愛ゆえに殺し合う」　倒れた壁の
向こうから夜明けらしき波音が聴こえだす　いつだって

帰ろうと思えば帰れるのだ

別に慌てることはないのだ

もう一度

この部屋の全てを元に戻して

この遊戯を

この人差し指から

またやり直してみるのも

案外　悪くないかもしれない

たまゆらの踏切

晴れた空に　鉛色の輪のような雲がいくつも
浮かんでは　すぐに溶けていく　日曜日の朝

「この世は　どこもかしこも　ゲッセマネだ
ゴルゴダだ」そこまで言って　一息つくと
「あなたも私も　不滅という奇跡を　あえて
表現してみるための喩えにすぎない」と
今度は一気に　まくしたてて　そのまま
眠るように息絶えた　あなたの最期の
顔を　あんなにも長く　まじまじと
見つめていたというのに　時間を
追うごとに　記憶が薄れていく
それを憂いつつ　ひとり分の
朝ごはんを　用意しようと
コンロの火をまたつける
日曜の朝だ　全く揺れずに
燃える火が　根の深い草花を
思わせる　動けない植物よりも
動ける人間の方が　幸せだろうか
人間の足は自由に動けるようでいて
実は　植物と同じく　大地に縛られて
いるのではないか「そう言いながらも
いずれその足だって大地から離れていく」
大地を離れた私の両足が　しばらくしてから
降り立ったのは　見知らぬ街の　踏切の前だ

遮断機が私の前に降りてくる　晴れた空には

鉛色の輪のような雲が　いくつも浮かんでは
すぐに溶けていく　日曜の朝だ　「あなたの

大事な人は　あまりに長く座り続けたのです
立ち上がることをあまりに長く怠ったのです
それが死因です」　踏切の反対側から　声が
する　汽車はまだ来ない　声の主は老人で
その両肩には　辞書のような分厚い本の
山が　双子の巨塔のごとく乗っている
「あなたの大事な人にも　世を去る
日まで　沈黙を貫くしかなかった
出来事が　きっとあったのです
あのときどうして　私だけが
生き残ったのか　あのとき
消えていった命のために
今の私は　何ができるのか
きっと　あなたの大事な人も
常に自分にそう問いかけながら
誰にもそれを打ち明けることなく
生きていたはずなのです　どうして
それを打ち明けてはくれなかったかと
あなたは責めたくなるかもしれませんが
あなたはまず　自分を責めるべきなのです
なぜ自分は聞き手として選ばれなかったのか
これから一生をかけて自問自答するのです」
踏切を取り囲むように群生する楓の木立から

無数の微小なものが一斉に飛び立ちはじめる

さっきまで空に溶けていたはずの鉛色の輪が

溶けずに　渦を巻き始める　あの中に　一度
巻き込まれたら　二度と抜け出せないだろう
「そんな渦に二度と巻き込まれたくなければ
世界はこれらの書籍を　読むべきなのです
私は歩く図書館です　私はどんな書籍も
捨てたりしません　残酷な話だろうと
不道徳な話だろうと　必ず肩に乗せ
世界の隅々へ運びます　もちろん
読書の強制や読み方の指導など
しません　消滅しそうな命の
秘密を一つでも多く保存し
いつか誰かの心に届けと
願いながら　沈黙したまま
読み手の到来を　待つのです
そんな私の　今の最大の悩みは
深遠な思想の持ち主を　一人だけ
作るべきか　それとも　まだ一度も
物事を考えたことがなかった人生から
ようやく抜け出せた人を百人作るべきか
どちらが私の真の役目かという問題です」
二つの本の塔にすっぽり挟まれた老人の顔が
あなたの最期の顔のようで　もっと近づいて
よく見ようと　遮断機を越えて線路の中へと

侵入すると　警笛音とともに　私の後ろから
「コンロの火は大丈夫ですか」と　声がして

振り返ると　遮断機の向こう側に若者がいる

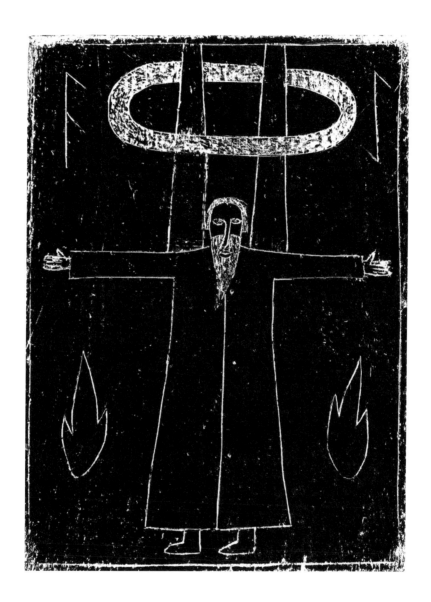

「今まで何も考えずに生きてきた野生の獣が

なぜ人間は右足と左足を交互に出せるのかと
考え始めたその途端　人間に殺されるという
神話をご存じですか　思考は死を招きます」
訳知り顔で話しかけてくる若者の両肩には
キリストやマリアの石像　そして菩薩や
阿弥陀如来の木像などが　うずたかく
乗っている　「全て盗品でしてね」
そう告げる若者の頭上を　微小な
飛来物が風に乗って流れていく
「ここで質問させてください
国家と家族　どちらの方が
よりいっそう大切ですか
国旗や国歌について　どう
考えていますか　国家に旗や
歌があるのなら　あなた自身の
ためにも　旗や歌があるべきでは
ありませんか」　不動の姿勢で聞く
私の体の中で　何かが波立ちはじめる
誰の命も奪ったことなどない人生なのに
なぜ私の中にこんな苦しみがあるのだろう
誰かの顔が私の周りをぐるぐると回っている
「なぜおまえだけが生きているのか」と問う
怒声に耳を塞ぐ　呼吸がしづらい　警笛音も

若者の大声も聞こえない　「あなたはすでに
切り捨てられました　こちら側へ戻ることは

もはや許されません」　仕方なく老人の側へ

向かおうとするが　両足が動かない　老人の
肩の上の本たちの背表紙の文字が　目に入る
『罪の意識は遺伝する』『自虐は心の毒だ』
『心が癒えたら戦いへ戻れ』『恐れるな』
時代ごと　作者ごと　ジャンルごとに
きれいに分類されている二本の塔を
まるで国家機密を扱うかのごとく
落とさぬように美しく支えつつ
立ち尽くしている老人の顔が
今度は隠れている　両手で
一冊の分厚い書籍を持ち
それで顔を隠しているのだ
どれか一冊　読ませて下さい
あなたの秘密を聞かせて下さい
呪文を呟く悪魔払いのような声で
問いかけると　渦を巻く鉛色の輪の
下で　翼のついた楓の種子たちの大群が
世界の彼方へとさらに飛んでいく　後ろの
遮断機の向こうで　誰かが「火事だ」と叫ぶ
嘘だ　恐れるな　自虐は敵だ　また戦うのだ
日曜日の今日　あなたの最期の顔は蘇るのだ

安堵したその瞬間　汽車と私がひとつになる
真の奇跡　真の不滅とはこういうことなのか

名誉棄損

巨大な漆黒のボールが　あなたに向かって　まっすぐに　まるで滑るように　恐るべき速さで　転がってくる　そして　あなたと衝突する瞬間　稲妻のごとき罵声が　その漆黒の奥底から轟く　「生きていることに意味や目的など一切ない！」　叫びながら

目覚めたあなたは　今日もまた　いつものように　淡々と支度を始める　街の外れのあのボウリング場の開店時間に　ぴったり間に合わせねばならない　開店から閉店の時間まで　あなたは　食事も休憩もとらず毎日ボールを投げ続ける　そんな暮らしを

始めて　もう何年が経っただろうか　何の生きがいも感じられないから　仕事を辞め何の生きがいも　見出せないから　家族を棄て　何の生きがいもくれそうにないから全ての縁を絶ち　やっと見つけた生きがいそれが　いつの日か必ず　生まれて初めて

ボウリングで「パーフェクト」を達成するという目標だった　この夢が実現するまで絶対に死なないと心に固く誓ったあなたは貯金を全て使い果たし　借金さえしながら

ここに通い続けているのだが　まだ一度も
パーフェクトはない　全く未経験者だった

あなたが　なぜ急にこの競技に目覚めたか
あなたはもう忘れている　ガターに何度も
ボールを落とした恥辱の日々はもう過去だ
「他人は変えられぬ　自分を変えるのだ」
と今日も念じつつ　愛用のボールを抱えた
一投目のあなたは　恒例の瞑想にまた励む

青空の下　途方もなく広がる無風の砂丘に
整然と立ち並ぶ十本の杉の古木　あなたの
閉じた両眼が　その一本一本の　硬い幹に
優しく触れるたび　あなたは　自分の中に
神が宿るのを感じ　古木たちが無償の愛と
目的達成のための力を　あなたに向かって

発し続けてくれていることを　再確認する
瞑想を終えて目を開けると　レーンの先に
整然と立ち並ぶ十本のピンの　真上にある
電光掲示板に　いつもの宣伝文句が流れる
「あなたが今いる場所は　あなたがいくら
願っても　たどり着けない場所」　投球の

動作に入る瞬間　「他人に頼るのは敗者の
証拠」という言葉が　まるで電流のように
あなたの全身を駆け抜けていく　放たれた
ボールは　まっすぐに　まるで滑るように
恐るべき速さで転がっていく　ストライク
またストライク　こうしてとうとう残すは

あと一投　これもストライクなら　ついに目標達成だ　最後の瞑想に入ったあなたを呼ぶ声がする　杉の古木の後ろに　誰かが隠れているらしい　「人間の体の中に神が宿るだと？　そんな矛盾があると思うのか！　愛さない者が無償で愛されるだと？　そんな

自分勝手が通るはずなどないことを　まだわからないのか！」　閉じられたあなたの両眼が　引き締まった杉木立の幹にそっと触れ始めると　木霊に似た正体不明のその声は　視線を避けるかのように　次は別の方向から呼びかけてくる　「自分ひとりが

自然と一体になろうと企むとは　あまりに虫がよすぎやしないか？　他の人間の事情は全く眼中にないのか？」　仕方なく瞑想を止めたあなたが　人生を賭けた投球動作に入ると　電光掲示板が「閉店時間です」と告げる　砂だらけのレーンの　はるか先に

整然と立ち並ぶ十本の杉　その奥に広がる闇から　「自分の苦しさを訴えてばかりの人生で本当にいいのか？　自分が誰かに苦を与えているとは思わないのか？」と　また声がする　闇の深さのせいでなおいっそうあなたの眼は十本のピンに魅せられていく

「運命も宿命も自分次第で変えられる」と

念じながら　静かにステップを踏み始めた
あなたに　杉の後ろから　また声がかかる
「運命も宿命も　おまえと私ではこんなに
違う　不公平だ！　いかにも資本主義だ！」
「名誉棄損だぞ！」　すでに他の利用客が

消え去った館内に　あなたの声が響き渡る
あなたが投じたボールは　すぐさま一匹の
傷だらけの魚に変身し　激しく流れる砂の
川を　故郷へ戻るかのごとく溯上していく
すると　ヘッドピンの後ろから　全く同じ
形状の魚が現れて　加速する相手の進路に

立ちふさがる　まるで　生まれたばかりの
十匹の子のためにあえて死を選び　自らの
死体を餌として子供らに食わせようとする
母魚のようだ　「この子たちは　おまえの
ものじゃない　みんなのものだ！」　その
声に飛びつかんばかりの勢いで　ボールは

なお走る　「こんな幻想はもう続かないぞ
まだ私を愛せないのか？　おまえの敵では
ないのだぞ　だが　仮に倒されたとしても
私たちはまた蘇り　再びここに立つだろう
たとえおまえが私を全く必要としなくとも
私はおまえを　ずっと呼び続けるだろう」

慈愛に満ちた魚の顔を　ボールが砕こうと
する瞬間　電光掲示板に　「ここは今日で
永久に閉鎖となります　これまでの皆様の

ご愛顧に深く感謝いたします」と　文字が
並ぶ　仮にこの最後の投球が失敗に終わり
あなたがなお夢の実現を望むのなら　別の

ボウリング場までわざわざ出向くしかない
その場所は　川向こうの隣町の　さらに先
小さな砂丘のすぐそば　杉木立のすぐ裏だ
借金まみれになりながら生きていくがいい
逆に　もしこれでパーフェクトとなったら
明日からあなたは　一体どう生きるのだ？

無人駅の記念帳

4月31日：
「このノートをお読みのあなた　こんにちは　私は今日初めて　この無人駅に降り立ちました　上りと下りのどちらのホームも　線路が走っていない側の真下にまで　海が来ている駅は全国でここだけです　私の命はもうすぐ終わると言われています　自分のことを　もはや自己決定できない状態らしいのですが　それは何かの間違いです　旅だってこの通りまだ可能なのですから　それなのに　私の臨終用の手続きは　はるか昔に私が書いた『意思表示書』に従って粛々と進み続けています　たしかに私はあの書類に　『苦しくなったら殺して』と記しましたがそれからの長い年月の中で　私の意思は変化を辿りいまやこのような逃亡の日々です　こうして左右の大海原を独り眺めているうちに　旅の思い出を記すノートがこの駅にまだ一冊もないのに気づきました　この新品のノートが今後　多くの旅人たちの言葉で賑やかになっていくことを　心から願っています」

6月31日：
「こんなノートがまさか置いてあったとは　今まで気づきませんでした　一人目の方がこの駅の両側を『海』に喩えていますが　今ここから去ろうとする私の目にはどう見ても　水平線まで続くゴミの海にしか見えません　実は　私はついに決意したのです

私のような高齢者が　この国の権力の席に　ずっと居座り続けるのは正しいことではありません　私を強制的に引きずりおろそうとする勇敢な人間たちが皆無である以上　私が自ら出ていくしかありません　私が去ったあと　この国の権力の座は　私の意思に従い　くじ引きで公平に決まるようになるでしょう　次なる権力者に向けての最初で最後のメッセージをこのノートに記して　私は姿を消したいと思います　私はこれまでずっと　『中立』であることを　最も理想的だと信じて生きてきましたが　それは愚かな妄想でしかありませんでした　『中立』は幻想です　やっと今　電車が来ました　皆さん　さようなら」

9月31日：
「ここに初めて来た理由は　ここが特別区の唯一の駅だからです　わが国の領土内にありながら　わが国の法律が全く通用しないこの特別区に　私たちが立ち入ることはいまだ許されてはおらず　唯一この駅の構内だけが　立ち入りを許されている区域です　外に出られぬことを知っていながら　この無人駅のホームをわざわざ訪れるわが同胞たちのお目当てはあの広大無辺な遊園地です　ここから指をくわえてただ見惚れることしかできないのですが　あれほど大規模で複雑怪奇　なおかつ　とてつもなく危険なジェットコースターは他にありません　この壮観をとある詩人は『渦潮の宇宙』と称しました　未来の神殿のごときあの空間に感嘆してばかりの私の耳に聞き慣れない外国語が急に流れてきました　すでにこの世にない私の祖先たちが　私の背後で　『目を覚ませ　あれは軍事用だ』と呟き続けていたのです

理解不能なはずの言葉がなぜわかったか　謎です」

11月31日：
「このホームから見えるパノラマを　宇宙のような
場所と表現する人が　このノートにもおられますが
どうして『のような』などとお書きなのでしょうか
だってここは実際の宇宙空間そのものなのですから
火星も土星も木星も　遠くは　冥王星や海王星まで
こんなにもありありと間近に見えているのですから
昔からこの駅は　銀河の海の中に浮遊し続けており
いつもの鈍行列車でここへ降り立つたび　私はあの
大惨禍のことを　あらためて心に刻みなおすのです
あの茫漠たる流星群と　同じくらいの数の大群衆が
『すぐ戻ってこれるはず』と自らに言い聞かせつつ
あの日ここから　列車で次々と逃げていったのです
ごった返す人ごみの中　まさに　このホームの上で
私は命より大事なあの子の手を放してしまいました
何度ここに戻ったところで　取り返しはつきませんが
私はまだ泣いたりしません　泣いたら負けですから
まずい　もうそろそろ　酸素がなくなりそうです」

2月29日：
「これを読んでいるあなたはもうお気づきでしょう
この駅のあちら側とこちら側は対立しあっています
あちら側の人たちの考えはこうです　『この星には
いかなる深刻な危機も　もはや存在していないのに
あいつらはこの星を　まるで障害者のようにみなし
一緒に同情しろと　何度も強要してくる　障害者を
蔑視さえしている』　一方　こちら側の住人たちは
『世界がおかしくなった最大の原因は　我ら人間だ

我々は一刻も早く　滅びなければ』と考えています　ここで生まれ育ちましたが　私は　どちらの側にも属さずにきました　そして今日　私はついにここを去ります　愛する人の住む町へ行きます　その人は自力で地球を危機から救おうと毎日頑張っています　でも片思いです　あの人は私を　ストーカーと呼び時には　暴力で追い払おうとさえします　今日こそ気に入ってもらいたくて　初めて人魚の変装をしてみました　二人で人生という海を泳ぎたいのです」

（このノートは書くところがもはやなくなりました　どなたでもけっこうですので　次の書き手のために新しいノートを用意しては頂けませんでしょうか）

赤い靴

「私のような者までが　このように無理やり隔離され
こんな場所に閉じ込められてしまう時代が　いまだに
この国で続いているなんて信じられないし　悲しい」

何ひとつ存在していない真っ白な立方体の閉鎖空間の
床の真ん中に　ぽつんと置かれた　一足の赤い靴から
今日もまた　同じ嘆きが　何度も何度も繰り返される

「今も目に浮かぶのは　私が暮らしていたあの街角で
たった独り　朝から晩まで働いていた　あの靴磨きだ
常に私を隅々まで磨いてくれた　街で最後の職人だ」

今までずっと　誰に届くこともないまま　ただ虚ろに
空間内に響くだけだった自分の言葉のひとつひとつが
今日はなんだか簡単に消えない気がして　靴は戸惑う

「長いこと愛用していた木製の台に私を乗せ　馬毛の
ブラシで　汚れを丁寧に落としていきながら　職人は
私にだけ　靴磨きの道を選んだ理由を語ってくれた」

靴が発話するごとに　その息は空中で一輪の花となり
靴の周りに次々と落ちる　やがて真っ白な部屋の床は
ありったけの菊の花を投げ入れた棺の中のようになる

「子供の頃に飼っていた愛馬が　目の前で大人たちに

殺されたのだそうだ　その肉を泣く泣く食べたことが
全ての始まりだったそうだ　私は黙って聞いていた」

床に散り敷かれた花たちは　萎れながら砂粒と化して
気がつくと赤い靴は　どこまでも白い砂丘の真ん中に
まるで置き忘れられたかのようで　辺りは深い静寂だ

「愛馬を食べたあの日から　亡き馬との架空の会話が
始まったそうで　愛馬の死は他殺ではなく　自殺だと
自らに言い聞かせたそうだ　私は黙って聞いていた」

閉鎖空間の外側から　敵が来たぞ　早く避難せよ　と
誰かが絶叫する　と同時に　赤い靴の四方を取り囲む
白壁の表面上に　様々な色の靴が一斉に浮かび上がる

「会話を続けるうちに　いつしか子供は絵描きとなり
愛馬を毎日デッサンし続けたそうだ　馬の内面を全て
描き切ることの不可能さこそが　至福だったそうだ」

赤い靴を取り囲むようにして　砂の世界をびっしりと
埋め尽くした靴たちは　安堵の思いと疲労感の両方を
各自　漂わせながら　おもむろに食事の用意を始める

「なぜ馬は自殺したのか　その真意を何十年もの時が
経ってからどうしても知りたくなり　生前の馬を最も
愛していた子供にわざわざ会いにいったのだそうだ」

大量の靴たちの中から赤いものだけが選ばれて　火を
焚く材料にされる　あちらこちらでパンの生地が砂に
覆われ　その上に熾火が敷かれて　蒸し焼きが始まる

「自分の体から作られたものが　世界を動かす根源になること　それこそが馬の夢だったと　元の飼い主の子供は告げて　最後に愛用の品をくれたのだそうだ」

焼きたての固いパンを肴に　靴たちの饗宴は賑やかだ　ずんずんずんと響く太鼓のリズムが　部屋中に充満しどの靴も踊りはじめる　ずんずんずん　だんだんだん

「それは馬革の赤い靴だった　この色の靴を履くのはこの街では禁忌なのだが　これを履く者の活躍によりいずれはその禁忌も消えるはずと　子供は力説した」

踊り狂う靴たちの姿は　恐怖を忘却することに必死の亡霊たちさながらである　長らく虐げられていた者が一転　やっと虐げる側になれたかのような喜びようだ

「私の全身にクリームで栄養を与え　ワックスを塗り濡れた布で磨くと　鏡と化した私の表面には　禁忌のない世界が映った　これが醍醐味と靴磨きは語った」

我らはもはや黙らない　そう歌いわめく靴たちの姿を何の意見も持たず黙って見守る赤い靴の　鏡のような表面上には　全ての物とその反対物が隣り合って映る

「靴磨きによると　瀕死の靴に命を吹き込む時　街の音の全てが新たな宗教の誕生を祝うかのように聞こえ地球を救う科学の化身になった気にさえなるらしい」

ずんずんずん　だんだんだん　本当に太鼓の音なのか

外の砲弾の音ではないのか　そこに歓喜の声が混ざる
「外から吉報が届いた　敵の首領が自殺したらしい」

「私を磨き終えるたび　職人は布を持つ手を　反対の手で押さえながら　『空さえ飛べそうだが　飛んだら狂人扱いされてしまう』　そう言って　空を仰いだ」

閉鎖空間の中で　首領の写真が回覧されていく　赤い靴の上に遺書を残し　屋上から飛び降りたのだという　遺書の書き出しは　「ありふれた孤独者の一人より」

「いつかここを出たら　ここにいる靴たち全員をあの職人の仕事場まで連れていってやろう　それにしてもこの写真はいったいどうしたことだ　信じられない」

「巨大な天体望遠鏡の鏡面に　微小な隕石が落ちる時　それは人知に対する妨害であろうか　それとも宇宙が自らの神秘を正当防衛しているのか」　遺書の全文だ

「この顔は　あの靴磨きの顔ではないか」

ずんずんずんずんずん　だんだんだんだん

砂の床のあちらこちらから　花が咲きだす

陽炎のようにゆらゆら踊る靴たちを黙って眺めながら　赤い靴は想う　自分も彼ら彼女らも　このままここで命を終え　遺物の山へと化すのみの　運命なのかもと

甲虫

毎日必ず通る細い路地を自転車で通り抜けて
いつものように右へ曲がり　長く垂れ下がる
柳の枝を　今日も片手で払いながら　自宅へ
向かっていると　歩道の一角に自転車が一台
転倒しているのが見えた　そして　その横で
痛々しげにうずくまっている白髪の高齢者の
両手両足からは　だらだらと血が流れていた

「大丈夫ですか」と近寄る私に　その男性は
「ああ　お前か」と言うと　顔を歪めながら
私がさっき通り抜けてきた柳の方を指さした
「あの自動ドアは　人を選ぶ　わしのような
特権階級には自動で開くが　わしとは異なる
愚民たちには開かない」　苦しそうに微笑む
皺だらけのその顔つきには　見覚えがあった

私の自宅の庭の隅に　亡きわが妻が開墾した
小さな菜園の跡がある　妻の自慢はその土の
肥沃さで　たしかに毎年　野菜は豊作だった
しかし彼女の死後　私にはとても同じ真似が
できず　菜園はいつしか雑草だらけになった
除草剤を買ってきて　私が雑草に撒くたびに
その男性がなぜか必ず　庭先を通りかかった

「そんな薬を土に撒くと　奥さんが泣くぞ」

いつもその一言だけを言い残し　彼は去った
それ以外のやり取りをしたことがないせいで
顔だけはわかるが　彼の名前も　家の場所も
今まで知らずにいたのだ　血だらけで朦朧と
している彼を抱え起こそうとして　ようやく
物陰に佇む彼の妻らしき老女の姿に気づいた

「救国の英雄が路上で凶弾に倒れている時に
万難を排して駆けつけるのが　本当の国民だ
自分の体がすでに死んでいる場合は　死霊の
姿で　英雄の救助に馳せ参じる　それこそが
真の国民の志だ」　おそらく男は　私にそう
言おうとしているようだったが　あまりにも
物言いがたどたどしく　非常にわかりにくい

「ご迷惑かけてすみません　先日　撃たれて
逝去したあの大物政治家の物まねのようです
すでに正気をすっかり失くしておりまして」
と　物陰から老女の謝罪の声が聞こえてきた
「わしに救ってもらいたいなら献金しろ」と
口走っているらしき男性の足先に眼をやると
草履が脱げた後の裸足からも血が垂れていた

自転車が激しく横転した拍子に　履いていた
草履がどこかへ飛んでいったのだろうと思い
自転車を起こしてあげてから　周囲の側溝を
見て回った　一方　血だらけの老体は背中を
路面につけたまま　私の善意に興味も示さず
まるで甲虫が足掻くかのように　両手両足を
宙に向け　それをゆるゆると　動かし始めた

その手足の病的な細さとは対照的に　男性の
口から出る言葉は　あまりにも不明瞭ながら
いまだ横柄なままだった　「いつ狙われるか
わからない恐怖　激痛を今か今かと待つ恐怖
おまえのような下層階級には想像もできまい
特権階級の人間の人生には　必ず通り抜けて
しまわねばならぬ特別な数秒間があるのだ」

　「この道を　自動車が一台も走れない空間に
変えようと　本人は強く希望し　政治運動を
しているつもりなのです　もしもそうなると
この界隈の商売の全体に支障をきたすと叫ぶ
反対派に撃たれたという設定らしいのです」
老女の解説が続く中　金よりも大切なものを
求めて足掻くかのごとく甲虫の手足は蠢いた

　死期を悟ったわが亡妻が　最後に菜園に足を
踏み入れた日　野菜を収穫しながら　彼女は
こう言った　「蜂には向日葵が紫外線の源に
見える　鳥には暗闇が様々な色の塊に見える
犬には草むらの匂いが重大な生活情報となる
私にもそんな才能が　ようやく芽生えそうだ
私の全身を炎が包んでいるのが見えない？」

　もしも死なずに長生きしていたら　いつかは
妻も　物陰に佇むあの老女そっくりになって
いたかもしれぬ　側溝のどこを探してみても
甲虫の草履は見つからない　「早く見つけろ
わしに従わぬ気か　おまえも女どものように

従わない権利とやらを愚かに吹聴する気か」
そう叫びたがっているような顔つきの甲虫を

見おろしながら　老女は私になお話しかけた
「この人に命じられるがまま　私は毎年毎年
何度も何度も妊娠させられ　おかげで何度も
死にかけました　交尾と殺人は似ています」
寒いのか　厚手の服を急に羽織る老女の姿は
軍服に着替える男のようで　逆に　暑いのか
次第にぐったりし始める甲虫の血と汗の姿は

獄舎で死刑執行を待つ戦争捕虜のようだった
「そんな薬を土に撒くと　奥さんが泣くぞ」
微笑みながら　それだけ言って去っていった
あの人物とこの甲虫が同一人物という不思議
「私と最後まで暮らしたいなら　この程度の
暴力は受けて当然です　お金を払わなければ
何も手には入らない　それと同じことです」

自動ドアを無理やり突き抜けるような勢いで
向こうから　一台の自動車が　私たちの方へ
まっすぐ疾走してくるのが見えた　正義感に
促された甲虫が態勢を整えようと焦り出した
自らの老体で車の侵入を妨げるつもりなのだ
運転席と助手席の男女は　口論中か　または
求愛中か　まるで前方に無関心の様子だった

「早くわしの草履を！」という声に　慌てて
側溝から飛び出した私の前に　草履はあった
それをつかもうとした私めがけて　車が来た

一瞬　車内の二人と私の表情が　全く同時に
爆笑と号泣の混合となった時　物陰の老女が
つかつかと夫に近寄って　その襟をつかんだ
そしてそのまま家の中へと引きずっていった

人間のことを朝から晩まで無償で愛し　常に
深く信頼し続けて暮らしてきたペットたちを
老いを理由に安楽死させてやる仕事　そんな
獣医の仕事ぶりを　去っていく老女の背中に
感じつつ　私はその一方で　このままここで
僕も終了かと　亡妻に尋ねようともしていた
目の前に青白い炎がありありと見えたからだ

鐘

どこにも行き場のない体になってしまったので
この場で不動のまま　独りダンスを始めてみた

私の体を長らく労わり続けてくれた　あなたの
姿が　次第に見えなくなっていくのは　なぜだ

つけっぱなしのテレビのニュースが　通り魔の
殺人事件の犯人の顔をクローズアップしている

「人生は『善か悪か』ではなく『悪か最悪か』
だ」　姿が消える瞬間　あなたが遺した言葉だ

思いつく限りのステップを踏むうちに　過去を
全て捨てたくなり　どこかで読んだことのある

とある民族の通過儀礼を真似てみることにした
今まで付き合った全ての恋人の名を　紙に書き

それを真夜中　群衆の前で炎に投じてしまえば
全ての過去が消え去るどころか　全ての言葉の

意味が変わってしまうのだそうだ　踊りながら
人生唯一の恋人だったあなたの名前を　震える

手で紙に書き　いまや私しかいないこの部屋を

見知らぬ者たちだらけと妄想しつつ　紙に火を
つけてみると　真夜中の「部屋」が「砂漠」に
「炎」が「道」に　そして「私」が「鐘」へと

変わった　見えない何かに吊られたままの私は
砂漠の表面から少し離れ　かすかに揺れながら

炎天下　蜃気楼を縫うように　か細いこの道を
こちらへと進んでくる　一台の馬車を見ている

私の金属の肌が無色透明なのは　祖先の色素の
遺伝だろう　祖先は一体どこに住んでいたのか

聞こえないはずの馬車の中の会話が　私の耳に
届く　この「耳」も　あの紙を燃やす前までは

「目」と呼ばれ　この「顔」は「心」と呼ばれ
この「肉体」は「死」などと呼ばれていたのだ

詩についての議論がまず聞こえてくる　詩とは
気軽に口ずさめてこそ存在価値があるのでは？

読者の心を温めてこそ存在価値があるのでは？
滑稽さを排し　芸術性をとことん追求してこそ

本当の詩なのでは？　議論に夢中の乗客たちには
宙に浮かぶ私の姿が　まだ目に入らないらしい

かくも健康で正常な私は　かつてなかったのに

誰もこちらを見てくれぬまま　乗客らの議論は

「地動説は本当に真理か？」だの　「寛容さは
本当に必要か？」だのと　次々に脱線していき

最後は　「観念の中にだけ存在し　実体が全く
ない愛ほど恐ろしいものはない」という考えに

全員の意見がやっと一致したところで終わった
馬車が止まる　ぞろぞろ降りてきた旅人たちが

一斉にこちらへ歩いてくる　手にしているのは
いったい何だ　そのうちの一人が　私の表面の

全てを使って絵を描いた　本物と間違うほどの
鐘の絵だ　すると別の一人が　手にした何かで

その絵を壊しはじめた　描いた者も　壊す者も
等しくどこかで見た顔だ　あの通り魔の顔か？

そう言えば　あなたが遺した言葉には　続きが
あった　「変形し損ねた苦しみは　伝染する」

残りの旅人たちは　私を通り過ぎると　砂漠を
ずんずん横断していった　その先には　虹色の

巨大な鐘が　私のように宙に浮いていた　一体
どんな祖先を有する鐘なのだろうか　静物画に

心を奪われたかのごとく無言のままの　旅人の

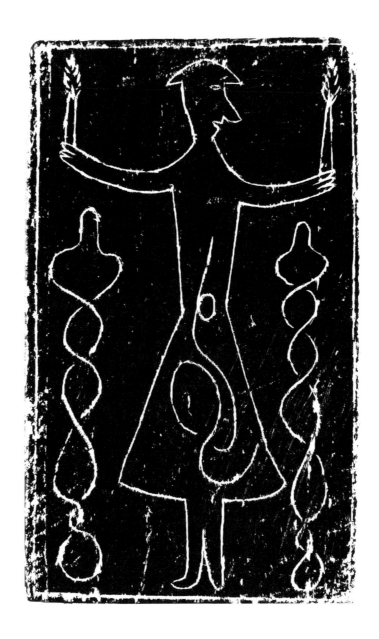

一人が　厳かな手つきで虹の鐘を鳴らす　その

音響は　砂嵐の只中にこだまする遠雷のごとく
あまりに呪術めいていて　意味づけがしづらい

その鐘があなたかもしれぬと思うまでに　私は
一体　どれほどの時間を必要としたことだろう

旅人全員が　虹の鐘の真下に集合したところで
鐘は静かに落下し　砂漠はまたも無人となった

宙に浮く透明な鐘と　砂上の虹の鐘は　まるで
観念の世界の中で　互いの自死を助け合うかの

ように　あるいは　まるで　長き分断の果てに
互いを求め合う二つのブラックホールのように

見つめ合う　ああ　ダンスの靴音に似た残響の
中を　また馬車だ　次なる一団は　鐘の金額を

相談中の商人たちだ　それにしても　「金」は
あの紙を焼く以前　何と呼ばれていたのだろう

笑顔の作り方

もしも今　私に「死ぬ権利」が正式に与えられていて
もしも今　この水の中に致死薬がしっかり入っていて
もしも今　それを飲むと生まれ変われると言われたら
私は今すぐこの水を飲み　この平凡な町のすぐそばで
緑の山として生まれ変わり　町を永遠に見守るだろう
私が隆起する際の震動が　町を滅ぼすかもしれないが

冷房がよく効いた銀行の窓口業務のすぐ横に　今日も
警備員はじっと立っている　どれかの窓口が空くたび
客がそこへ円滑に流れていく様子　あるいは　用件を
終えて次々に去る様子を　彼はぼんやりと眺めている
そして時おり　退屈しのぎの「もしも今」を心の中で
繰り返す　すると喉が渇く　冷水入りの水筒は必需品だ

自分の順番が来るのをソファで待っている人々の中に
中年の婦人と　彼女の娘らしき少女がいる
婦人は隣の女性たちと世間話に夢中の様子だ
少女は独り　ずっと黙りこくったまま
膝の上に置いた写真集のページをじっと眺めている

時おり高笑いする婦人の大声が　警備員の耳にも届く
「夫の失踪で逆に助かりました　これからはこの子と
二人で生きていきます　自称『詩人』なんていう男は
もう二度と御免です　たしかに将来は不安ですけれど
笑顔をあえて作るようにすれば　必ず幸せになれると

信じていまして　最近は笑顔の作り方を研究中です」

少女がいま眺めているのは　英国のストーンヘンジの
写真だ　青空の下　有名なあの巨石群の周囲は無人で
その前に広がる草原の上を歩むのは　一羽のカモメだ
その写真のすぐそばに　誰かの文章が掲載されている
「ここは一つの比喩だ　ここを通って世界の内部へと
潜入し　我々と一つになりたいのなら　魂を整えろ」

娘の脳裏に　去って行った父の声がまた浮かぶ
「私たちがいるから　君がいるのではない
私たちがいて　そしてそれから　君がいるのだ
ただそれだけだ　私たちが君を選んだのではない
私たちが君に選ばれたのだ　ただそれだけだ」

もしも今　私に「死ぬ権利」が正式に与えられていて
もしも今　この水の中に致死薬がしっかり入っていて
もしも今　それを飲むと生まれ変われると言われたら
私は今すぐこの水を飲み　一輪の菫の花になるだろう
そして　社会が強制的に消そうと企む　一つの時代の
記憶のあれこれを　花弁の奥底に　しまい込むだろう

警備員のポケットの中には　この銀行の正面玄関前で
今朝たまたま拾った石のかけらが入っている　それが
なぜか　彼には数千年前の土器のかけらに思えるのだ
昔この場所には　紙幣も硬貨も一切知らぬまま　炎で
この土器を温めていた人間たちが間違いなくいたのだ
甲高い婦人の声で　警備員はまた現実に引き戻される

「夫の失踪の理由？　私にもわかりかねます

『愛されてばかりの人生は　この辺で終わりにしたい
これからは全てを捨て去る覚悟で　世界の全てを
愛する人生を送りたい』などと言っておりましたが
私と娘のことはさほど愛してなかったようです」

少女が次に見つめているのは　死者を呼び出している
最中の霊媒師の写真だ　その横に掲載されている文は
「歌を歌うための真の資格は　はたして誰にあるのか
歌詞の魂があなたに丸ごと宿るならいい　だが歌詞の
表面を真似ているだけなら　あなたに真の資格はない
歌詞の魂が丸ごと宿るような歌い手の人生とは何だ」

「将来が不安と申しましたけれど　実は私には　夫も
知らなかった預金口座がありましてね　私とこの子の
一生分のお金がそこにあるのです　ただ　困っている
人々のために　そのお金の一部を寄付するつもりです
善人として一生を終えるのが私の究極の目標なのです
どの人を選んで助けてあげるか　まだ考え中ですが」

娘の脳裏に　去って行った父の声がまた浮かぶ
「私は今まで　自分の詩を美しく飾るための材料として
困っている人の物語を使ってきた　でも　これからは
困っている人をまず愛し　その声をひたすら聴き
その人を忘れないようにするために　詩を書いていく」

順番がようやく来て　中年婦人は立ち上がる　軽快な
その口はまだ止まらない　「この国の将来はおそらく
長くないですよ　いずれ隣の国々が　この国の弱さに
つけこんで攻めてきます　たくさんの国民が殺されて
その一方で　祖国を追われた外国人たちが蠅のように

やってきます　こんな国　私と娘はいずれ捨てます」

少女はいま　夕闇のせまる中で　どこかの国の大河を
独り見つめる男の背中の写真に　釘づけになっている
この背中　誰かに似ている　少女の目が掲載文を読む
「未来の不確かさに戸惑う暇があるなら　過去を全て
忘れたがる自分と戦おう　人間の扱いに二重の基準を
設けがちな自分と戦おう　敗北を覚悟の上で戦おう」

ソファの近くに設置されている　テレビの
モニターに　ニュース映像が映る　どこかの国で
授業料が払えない貧しい女の子が　級友たちの
目の前で　みせしめとして教員に鞭で打たれている
その子の顔とソファの少女の顔を　警備員は見比べる

「詩なんて売れないものを書かずに　夫は　たとえば
小説でも書くべきでした　多重人格者のような自らの
ことを物語にすれば少しは売れたのではないかしら」
婦人はそう言うと　娘から写真集を奪い取り　彼女の
片手を強引に引っ張る　少女の体がぐらりと揺れると
警備員の体に　山が新たに隆起するような震動が走る

立ち上がるやいなや　少女が何かを母親の顔に向けて
投げる　誰かを鞭で打つかのような腕のしなり具合だ
投げた物体が婦人の眉間を直撃する　人々は凍りつき
動かない　警備員だけが　床に倒れた婦人に駆け寄る
眉間から血を流しつつも　婦人の顔は　分娩の苦痛に
無上の快楽を覚えている妊婦のごとき　満面の笑顔だ

ここから　警備員の視界は色を失っていく

床に転がっているのは見覚えのある石のかけらだ
警備員が自分のポケットを探る　ない　空っぽだ
少女の姿もない　警備員の視線がテレビに向かう
そこに色なく映るのは　荒野を横断する巨大な壁だ

その壁にたった一つ空いている人間ひとり分の隙間に
一人の少女が自らの片足を踏み入れている　その背は
破れ　血が滲んでいる　「おい　警備員　仕事しろ」
死者を呼び出すかのごとき怒声で　再び視界が色づく
平常の窓口風景が再開され　警備員も妄想を再開する
冷水入りの水筒の隣には　あの写真集が置かれている

もしも今　私に「死ぬ権利」が正式に与えられていて
もしも今　この水の中に致死薬がしっかり入っていて
もしも今　それを飲むと生まれ変われると言われたら
私は今すぐこの水を飲み　一羽のカモメになるだろう
そして　可憐な一輪の菫を嘴にくわえたまま　百の顔
千の顔がたえず流れる大河の上空を　飛び回るだろう

洗い場の黙示録

「痛い」ことや「苦しい」ことは　全て嫌いだ
不潔で混沌としている社会にはとても住めない

今日もまた　そんな私はこのキッチンに朝から
晩まで立ち　汚れた食器洗いに精を出している

今日の食器の多さときたら　これまでで一番だ
今後もずっと　増え続けていくような気がする

肉を残しているこの皿は　あの双子らしき客の
片割れのものだ「鍵を失くした？　どこで？」

と　食事中に一方が尋ねると　相手は年老いた
暗い声で「家で」と答えた　「それなら　なぜ

ここで捜す？」と問われると　今度は浮かれた
幼い声で　「家よりも光が満ちているから」と

答えていた　もちろんこの肉は　残飯袋行きだ
いつから私がこの仕事に手を染めたのか　昔の

記憶を紐解くと　私は当時　室内から一歩でも
外に出れば　社会によって　即座に殺されると

思い込んでいたのだ　できれば　ずっと眠って

いたいと思い　睡眠薬を　たくさん飲んだのに

武装した者たちがいきなり入ってきて　眠るな
働け　と叫びながら　ここへ私を連行したのだ

今日のあの男女の団体客たちが食べた後の皿は
どの料理にも　ほぼ手が付けられていなかった

連中はこぞってくぐもった低音で喋っていたが
まるでこちらに呼びかけてくるかのようだった

「君の全身にもついに斑点が？　これで全員だ」
「死体にもすっかり慣れたが　自分たちだけが

生き残ってしまったことがまだ申し訳なくて」
「もう死は怖くない　全ての欲も消え去った」

「廃墟というものは清らかで自由とも言える」
「指導者は嘘つきだ　誰が我らを救えるのか」

彼ら彼女らのどの顔も　完全に　無表情だった
おまけにその卓上には　蠅が群がり　身なりは

一様に　ぼろぼろだった　それなのに　普通の
身なりの私の方が　なぜか劣等感を感じていた

そんな団体客の食べ残しが　いまだ出来立ての
ように見えるのは　私の腹が減っているせいか

「客の名前を一つ一つ必ず記憶せよ」と　あの

武装軍団から命じられていたが　私には難しい

豪奢なドレスを着た女性客が　食事中いきなり
「こんな高級料理のどこが旨いのか！」と叫び

自らの顔の皮を顎先から上へと思い切り剝ぐと
血のりで汚れたハイエナの素顔が露わになった

獣は荒野へと去った　脱ぎ捨てられたその顔は
おそらく　このキッチンの所有者の　娘の顔だ

ここの所有者の正体はいまだ謎だ　ハイエナの
残したデザートは　まだ十分に旨そうだったが

それも今ではただの残飯だ　他の残飯とともに
袋に捨てた後　ふと思い出したのは　他の客が

ここの所有者のことを　あれこれ推測しながら
食事中に話し合う様子だった　「自分とは全く

無関係な人たちの不幸を何とか救いたい一心で
自分の体を自分で何度も鞭打つらしい」「いや

その鞭打ちは芝居らしい　結局は金欲しさだ」
「ここの労働者の利益を　最優先するからこそ

あえて彼らの自由を抑圧しているのだそうだ」
「だからこそ　ここの労働者たちは　真っ白な

紙をこぞって掲げながら　今日も大河のごとく

大通りを反逆のデモで埋め尽くしているのだ」

独り言を言いながら食事をする老人男性がいた
「ここの天井を　隅から隅まで飾っているのは

ドライフラワーですか？　いやはや　すごい数だ
もはや天井それ自体がどこにも見えないほどだ

実は私　まさにこの天井のような森を　独力で
この世に生むことが人生最大の目標なのです」

独り言を言いながら食事をしている老女もいた
「真の悪は　善を食べて育ち　自らが滅びても

さらに強力な悪を作る……私が癌だと話すと
ここの所有者はそんな話をいきなり嬉しそうに

説きはじめました」こうして　全ての客たちの
皿を洗い切り　全ての客たちの残飯を袋に詰め

ようやくはたと気づく　ここにいるのは昔から
今日に至るまで　ずっと私だけだったはずだと

いや　あの客たちが幻だったなんてありえない
目の前に積まれたこの大量の食器がその証拠だ

袋の中に溜まった残飯は　立ち去った客たちの
記憶の集合体なのかもしれない　混ざり合って

交差し合って　言葉という言葉を枯らし合って

「棄てるな　忘れるな」と　叫びつつ　私へと

向かって　今にも袋から逆流してきそうなのだ
ああ死ぬほど臭い　臭い臭い臭い臭い臭い

早く処理してしまわなければ　反対にこちらが
処理されそうな気がして　いきなり私は渾身の

力で　窓の外の焼却炉へ　残飯袋を投げ込んだ
そして　その渾身の力を　必死に自画自賛した

すると　どこからか　このキッチンの所有者の
声が　久しぶりに聞こえてきた　「この世から

私が去る時は　ここで最期を　迎えさせてくれ
そして死ぬ前に　私が和解を求めている全ての

人々を枕元に集めてくれ　その全員と　黙って
抱き合ったら　そのまま静かに逝くから」　さあ

また明日もこの仕事だ　腹が減って死にそうだ
家に帰ったら　無頼のごとく　旨い飯を腹一杯

食べて呆けよう　さっきの残飯のことは　もう
さっさと忘れて　今夜もよく寝よう　ところで
私の家とは　一体どこだ

ボランティア

夢の中で、あなたはものすごく狭い岩穴に、自分の体を無理やり押し込んでいた。この穴を抜けると、光り輝くこれまでの世界から、どこへたどりつくことになるのか、あなたはぜひとも知りたかったのだ。上半身は何とか通り抜けたが、下半身がどうやっても抜けてくれない。通り抜けた先はどうやら闇の世界であり、何も見えない。身動きが全く取れず、泣き叫びはじめたあなたの耳に、爬虫類のようにずりずりと侵入してくる一つの声があった。「死こそわれらの生命の意味だ。だが、われらは言葉を司る。それこそがわれらの生命の尺度だ」

夢から覚めると、ニュースでボランティアが急遽募集されていた。「闇が崩壊しようとしている」「それを食い止めるためには、あなたの力がぜひ必要だ」とのことだった。さっそくあなたは現地へと向かった。いざ到着してみると、闇はまだ何とか現状を留めたままのようだったが、その崩壊の開始はどうやら時間の問題らしかった。闇のせいで誰の姿も全く見えないものの、あなた以外にも大勢の人々が同じ思いで集まっていることは、周囲の物音で何となく判断することができた。初日は諸注意を聞くだけで終わり、あなたは宿泊先を探した。

手探りで闇の中を進むうちに、あなたの手が誰かの手に触れた。慈愛に満ちた声で「私のところに来ませんか？」と誘われた。相手の顔が全くわからないので、しばらく躊躇していると、同じ声が今度は妖艶に「私のところにぜひ来てほしい」と囁いた。巫女に呼ばれているような気がしながら「はい」と答えるやいなや、あなたの手は斜め上の方向に優しく引かれ始めた。「ここから私のところまでは急な階段を上るばかりなのですが、光がないここでは、何があるかわからない平面を歩くよりも、階段しかない世界を進む方がはるかに安全です」

長い階段を歩き終えると、あなたはいつの間にか館の室内らしき場所にいた。「どうぞ楽

になさって下さい」と言われ、手探りで椅子を探して深く腰かけると、巫女らしき館の主の声とは別に、何やら複数のものが右から左、左から右へと雑多にうごめく音がし始めた。「私以外にも宿泊者がいるのですか？」とあなたが問うと、それには答えず、主は何か別のことを始めながら「どうしてこのボランティアに志願を？」と問い返してきた。あなたが答えに窮していると、主は続けてこう言った。「あなたもご自身を更生させるためにいらしたの？」

「何も見えない闇の中でこそ誰もが真に平等なのですから、その崩壊は人類にとって害悪でしかないと感じ、私も何かお手伝いできないものかと、ここまでやってくることにしました」と、あなたがせっかく答えたにもかかわらず、それに応える声はもはやなかった。誰かがバーテンダーのごとく、シェイカーらしきものを軽快に振っていた。あなたの前には長いカウンターがあるらしかった。バーデンダーらしき声がした。「山火事の消火のために事前に炎を使うことがあるそうだが、闇の消失にも似たような方法が使用されたりするのかも」

カウンターでは数名の先客が会話中の様子らしかった。「こんなジョーク、ご存じ？　両手両足を失った一人の男が、荒波せまる波打ち際の砂上にぽつんと置かれていてね。可哀相に思った三人の美女が近寄り、一人目が彼に『ハグされたことある？』と尋ねた。彼が『ない』と答えると、彼女がハグしてくれた。二人目が『キスされたことは？』と尋ねた。彼が『ない』と答えると、今度はキスの嵐。最後に三人目が『愛に溺れたことは？』と尋ねた。男が『ない』と答えて涙を流すと、美女が言った。『大丈夫。このままここにいれば溺れるから』」

誰も笑わなかった。すると今度はこんな男の声が聞こえてきた。「この問題、あなたはどう考える？　自国が愚かな戦争を起こし、そのせいで敵国にひどく攻撃されてしまい、おかげで体にひどい損傷を負った人間がここにいるとしよう。自国は無残に敗れ去り、敵国に占領され、いまだ壊滅状態のままだ。なんとか生き残ったその人物は、敵だった国の次なる戦争のための兵器を作る仕事でいま生活の糧を得ている。その人物の体をかくも傷つけたのは、まさにその兵器だった。この人物の心の中にあるのは悲しみか？　怒りか？　それとも喜びか？」

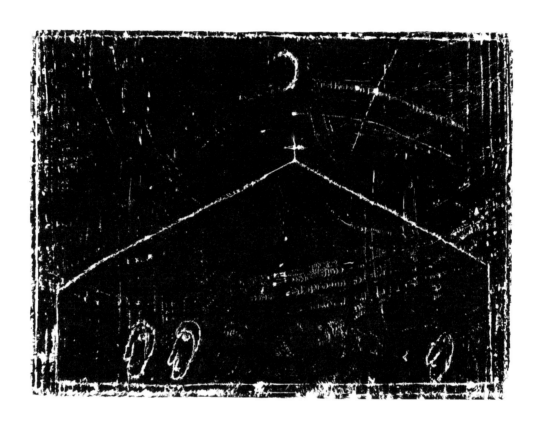

誰も答えなかった。すると今度はこんな女の声が聞こえてきた。「この問題をあなたはどう考えます？　ある国で戦争が今日ようやく終わりを告げたとします。そして今ここに、その戦争の辛い日々を、銃を片手に独りで懸命に耐え続けてきた孤児がいるとします。『敵を殺せば殺すほど立派な大人になれる』と昨日まで言い続けてきた大人たちが、いま孤児の目の前で『今日からは誰も殺さなくていい！』『人殺しは罪なのだ！』と狂喜しています。するといきなり、その子が大人たちを狙って発砲します。立派な大人になりたいから？　それとも？」

「今にも闇が崩れそうだというのに、そんな問題まで考え始めたら、癌のリスクがなおさら上がりますよ」と揶揄する声が、カウンターの向こう側から響いた。それがバーテンダーの声なのか、巫女のごとき館の主の声なのか、あなたにはもはや区別できなかった。「かまうものか、癌で死んだら人はみな詩になるそうだからね」「死の恐怖から完全に解放されるのは死ぬ瞬間だけだそうですね」などといった声が、笑いとともに上がった。目の前に何か置かれたようなので、あなたがそれを手探りでつかむと、どうやら氷入りのグラスらしかった。

闇の奥から多くの足音が近づいてきて、そのままあなたの背後へと通り抜けていった。館の外を勇ましく行進しているようでもあり、それでいて、館の中へぞろぞろと逃げ込んできているようでもあり、見当もつかぬまま、あなたは乾いた喉にちびちびと酒を流し込んだ。館に来る前に受けた「諸注意」のことがぼんやりと思い出されてきた。「ボランティアの皆さんには、ここで私たち地元の人間たちとともに、ぜひ花火になって頂きたいのです。一緒に空へ打ち上がり、一瞬の輝きを放って下されば、闇はなお深まって、さらに安定するのです」

諸注意にはまだ先があった。「闇の崩壊はいきなりやってくるわけではありません。誰にも気づかれぬよう、じわじわやってくるのです。あまりに徐々に来るものだから、微細な変化に我々はすぐ慣れてしまいがちであり、抵抗する機会もないまま、気づいたらもはや手遅れというわけです。闇の破壊者たちはここに『再教育センター』なるものを建築予定のようです。我々は間違いなく強制立ち退きでしょう。破壊者たちには『無知蒙昧なアン

ダーグラウンド』にしか見えないでしょうが、我々にとってこの闇はまさに『壮大な実験場』なのです」

「ここにいると、なんだか時間の経ち方が変わったように思える」と、少年らしき声がした。「私もそう感じる。ここに来るまでは、時間ってただ先へ先へとまっすぐ伸びていくだけだと思っていたけれど、ここの時間は、まるで無数の小さな点がくねくねと広がっているばかりに思える」と、少女らしき声が応えた。二つの声は混じり合いつつ、闇いっぱいに響き渡った。「その小さな点の一つ一つがとても大事」「このまま永久に生きていけそうな気がする」「独りで何もかも決めなくていいのかも」「この闇の優しさが世界中に伝染すればいいのに」

すっかり酔ったあなたの頭上で、大量の雨粒が屋根のごときものに当たっている様子だった。強烈な風が周囲の固いものに激しくぶつかっているらしく、雷鳴さえ近くで轟いていた。嵐が来たのかという恐怖心よりも、この館がちゃんと闇の中に存在しており、自分は今その室内に守られているのだという再認識の思いの方がはるかに勝り、あなたは思わず嵐に深く感謝した。「そろそろ時間です。皆さん、今日から頑張って働きましょうね」という掛け声とともに、人々が動き出す音がした。「この礼拝堂ともしばしお別れか」と誰かが呟いた。

雷鳴に重なろうとするかのように、一発の銃声が轟いた。あなたには一瞬、闇の中に華々しく打ち上がる花火が見えたような気がした。「何の宗教も信じていないくせに、教会みたいな雰囲気を気取りやがって」「ジョン・レノンにでもなったつもりか」「これが貴様らへの福音だ」と怒鳴る声とともに、誰かがものすごい勢いで走り去っていく足音がした。凍りついたままのあなたの耳に、爬虫類のようにずりずりと侵入してくる一つの声があった。「生命こそわれらの死の意味だ。だが、言葉はわれらを司る。それこそがわれらの死の尺度だ」

衝突

少年は　敬愛する教師から言われた言葉の数々を今も大切にしている　「おまえには信念がないがその弱点を言い訳にして　この世界から逃げたりするな　信念なきまま踏み留まるのだ　それでも逃げるしかなくなったら　品格だけは捨てるな」

今朝もまた少年は　大通り沿いの歩道で　黙々とただ独り　路上のゴミ拾いに勤しむ　朝食の前の一時間　春も夏も秋も冬も　毎日　休むことなく続けている早朝の習慣だ　今ふと手を休めた彼の視線上に　自動車と自転車の衝突の瞬間が訪れる

その瞬間に至るまでの数秒間　自動車の運転手は昨晩の出来事を再び思い出していた　遠い外国の戦争から命からがらこの国まで逃げてきたという見知らぬ人物と　居酒屋で偶然　知り合ったのだ　酒を酌み交わしていると　その外国人が　一枚の

写真を見せてきた　「これはかの有名なゴッホが実際に使っていたパレットです」　乾いた原色の醜怪な塊たちが抗い合い　絡まり合い　乱れ合うパレットを　食い入るように酔眼で見つめながら外国人は持論を展開した　「まるで宇宙の誕生の

時の爆発のようです　これもまた彼の傑作です」

信号のない交差点へと車が次第に侵入していく中　昨夜は言わずにおいた反論が　運転手の舌先から零れ出る　「ただの廃物じゃないか　標準語なき方言の乱立さえ許す気か　ゴッホは神じゃない」

事故の瞬間　少年の足元から立ち昇っていたのは踏みにじられてばかりの落葉の呻きだ　その声が過ぎたはずの時刻を　またも告げようとしていた恩師の言葉の記憶が　どの石の上にも　どの木の枝にも　どの星座にも蘇る　「自分の居場所から

離れてはならぬ　離れずに上へと高く飛ぶのだ」自動車と自転車がついに接触し　そこから緑色の焰が噴き出すその数秒ほど前　自転車の運転者はペダルを漕ぎながら昨晩の出来事を回想していた長いこと疎遠だった母親と久しぶりに会ったのだ

独居老人の彼女の部屋では　膨大な数の獣たちが全く世話されないまま　無残にも放置されていた糞尿の悪臭　共食いや餓死の痕跡　止まない咆哮どうして去勢を試みなかったのかと問い詰めると母親は無表情のまま　「それは神様の仕事　金も

知識もなく　愛することしか知らぬ私には無理」と言い返した　隣近所への迷惑をもっと考えろとさらに問い詰めると　母親は　怒りを露わにした「あいつらに同化しろというのか　絶対お断りだ狂気の中を生き延びるにはこの子らが必要なのだ

この子らの命をあいつらの理想の犠牲にするなど

もってのほかだ　今となっては　この子らだけが
私と一緒にこの世の塩を舐めてくれるのだから」
緑の焔は　波打ちながら　車道から歩道へと溢れ
少年の眼球へと流れ込み　その厚い殻を奪い去る

自動車の運転手の頭がフロントガラスにめり込み
自転車の運転者の体が自動車の威力で粉砕されて
いく間　両者の心の奥底に　最後に浮かんだのは
「他の色たちはみな　事前に危険を察して　この
パレットから巧く逃げたのです　この色たちには

ここに残る選択肢しか　もはやなかったのです」
という外国人の酔いどれ声　そして　「おまえが
本当に　私の子供なら　私の中にあるこの牢獄を
何とかしておくれ　おまえが本当に私の子供なら
この老いたメスの駑馬に　生きる希望をおくれ」

と　再び無表情で話す　別れ際の母親の声だった
必死に共食いに励んでいるようでもあり　対話を
通じて互いを癒し合おうとしているようでもある
二台の残骸をよそに　少年は深緑の海の上にいた
先生　信念とは何ですか　品格とは何なのですか

海面を漂う少年の問いかけに　恩師がすぐ答える
「こんな昔話がある　金と駑馬を盗まれた少年が
盗人から　絶対に誰にもこの件を話すな　話すと
殺すぞと脅された　少年は頷くと天を仰ぎ　神に
向けて全てを告白した　他の誰にも知られぬまま

盗人は罰された　つまり　『神』は名詞ではなく

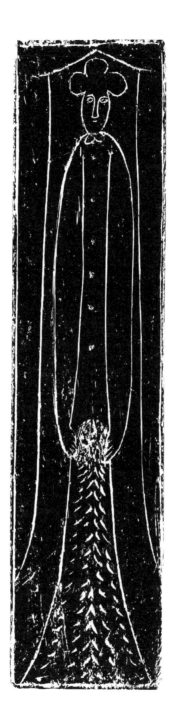

動詞なのだ」先生　なぜそれが答えなのですか　信念とは　品格とは何なのですか　天を仰ぎつつ大声でまた尋ねると　緑の海の代わりに　少年の周りには　彼が集めた　今朝のゴミだけがあった

真夜中のヒドラ

今夜　僕は眠りに落ちながら　ようやく悟った
はるか昔　僕は人類の貴重な栄養源だったのだ
その頃の僕は　紫外線さえ見えるほどの視力と
人間には聴こえない音さえ聴こえるほどの耳と
男であるにもかかわらず　母乳を出せる機能と
そして何より　丈夫な灰色の　羽を有していた
生まれてから死ぬまでの間　僕が愛した相手は
ただ一羽だけであり　その相手に求愛する際は
首まわりをきらびやかに光らせて誘ったりした
ところが今　仰向けで横たわる人間の姿の僕の

頭上には　天井の至る所から　さながら豪雨の
ように垂れ下がる膨大な数の紐があるばかりだ
おかげで天井がもう見えないほどだ　どの紐も
様々な色の幾つもの布切れを固く結び合わせて
作られており　どの紐の　どの布切れの柄にも
僕にはどこか心当たりがあった　すると　その
紐の中の数本を　器用にするすると伝いながら
数名の女たちが天井から僕の枕元に降りてきた
そのうちのひとりが　僕に向かってこう告げた
「あなたの詩のせいで　私は癌になりました」

まともに詩を書いたことなどないし　詩が癌を
誘発するなんて聞いたこともないが　女の声を
聞いた瞬間　何よりもまず僕の心を掠めたのは

何ものかが僕の体を決定的に蝕み始めたという
確かな感触だった「あなたは今　人間世界に
病気をばらまく元凶です」　声は穏やかなのに
女たちの目はどれも獲物を狙う猛禽類のようだ
「癌で亡くなったご自身の最愛の女性のことを
悼んでいるあの長い詩を　偶然　読んだせいで
癌細胞は私に侵入し　増殖を開始したのです」

女たちが僕の仰向けの頭を取り囲み　僕の顔を
じっと覗き込む　空気の皮膜を亀裂させながら
僕になだれ落ちる高熱の　光の帯のごときこの
声の持ち主がどの女か　もはや見当がつかない
「亡くなる間際まで　彼女と何度も対話したと
あなたは詩の中で述べていたけれど　その割に
科学的常識や数字をやたらとつぎ込み　最後は
安易に　適当な終末論で完結させていましたね
『もっと愛し合いたかったのに』という一行は
私の体内の異物を　とりわけ肥大化させました

死後の性の喜びを知らない詩人など論外です」
女たちから言葉を浴びれば浴びるほど　自分の
容貌が　久しぶりに　変形していくのがわかる
皮膚が痙攣しながら　沸騰していくのがわかる
一方　自らの変形ぶりをこの目で直視するのは
できれば先延ばししたい　できれば見たくない
見てしまうと　自分が崩壊しそうでとても怖い
そんな僕をさらし者にするかのような目つきと
さらし者の「先輩」として　僕に共感を覚えて
くれてさえいるかのような　艶のある低い声で

女たちはなおいっそう僕に覆いかぶさってくる
「あなたのあの詩のせいで　私たちはやせ細り
出血や熱や痛みに喘ぎ　息も常に絶え絶えです
とりわけ　あなたが詩の中で　彼女を『聖なる
廃墟だ』と呼んだこと　それが言葉の暴力だと
気づいてなさそうだったことは　私たちの中の
癌細胞にとっては　まさに貴重な栄養源でした
目に映る彼女の表面上の姿かたちを　写実的に
記録すること　それのみにあなたはあまりにも
夢中になりすぎたのです　彼女の中の不可視の

虚構世界を　自らの記憶だけを頼りにしながら
描くことに　あなたはあまりにも無関心でした
あなたの想像力は今なお国家に管理されており
あなたには独自の虚構世界が　まだないのです
国家に逆らうようなポーズを無邪気に取りつつ
今もあなたはまるで『前衛』詩人気取りですが
結局は　ただ時流に乗っているだけで　本気で
国家を騙すほどの度胸があなたにはないのです
『人間同士が血なまぐさく殺し合っている姿を
ひたすら示すだけの絵画は　心の平和にとって

もはや猛毒でしかない』などと　あの詩の中で
彼女に言わせていましたが　そんな決めつけを
言わされたからこそ　彼女は病に倒れたのです
殺し合いの狂乱が　全人類の歴史と真っ向から
切り結んでいるのであれば　その放埓な狂気は
時には神話にさえなるのです」そもそも僕の
人生には「最愛の女性」など一人もいなかった
にもかかわらず　死に瀕している見知らぬ女に

「私の最後の尿を取って」と弱々しくせがまれ
干からびきった女の股間にもぞもぞと不器用に

尿瓶を押し当てる自分の姿がなぜか心に浮かび
それと同時に　朝が来るまでの数時間のうちに
頭上の女たちによって全身の皮を鋭利な刃物で
剥がされ　外に吊るされ　徐々に干されていく
僕自身の姿さえ想像できてしまうのは　なぜだ
女たちの複数の指が　僕の顔を軽く撫で始める
「私たちも最初は　体内にできた異物の恐怖を
理解しようと努めました　けれど　努力は全て
無駄でした　いま　私たちはわからなさの前で
立ち尽くしています　あなたのあの詩のせいで

癌が生まれたと言いましたが　本当の始まりは
もっと前かもしれません　いつまで遡るべきか
本当のところはわかりません　この癌の最後が
どうなるかも見えません　私たちにできるのは
異物から聞こえてくる音に　じっと耳を傾ける
ただそれだけです」　空を飛べていたはるか昔
僕は彼女たちの人生と交差したのかもしれない
戦死者慰霊祭の日　上空を旋回する僕の眼下で
いきなり「英霊」呼ばわりされ始めた男たちの
遺影を　彼女らが無表情で眺めていた気がする

あるいは　幸福そうに微笑む被差別民の写真を
観光客向けの絵葉書用に撮影しようとしていた
写真家の頭上を　たまたま僕が旋回していた時
撮影される合間に時おり空を見上げては　僕の
飛行を無表情で見ていた被差別民たちの中にも

彼女らがいた気がするのだ　女たち一人一人が
自分の病状を好き勝手に話し出す　「私の癌の
中には広い公園があり　若い男女が数名　草の
上に寝ころんでワインを飲んでおり　その中の
誰かがフィドルを弾きだすと　みな立ち上がり

グラス片手に　音に合わせて体を揺らすのです
空は快晴　飛行機雲がその中を進んでいます」
「私の癌の中は　いくつかの小さな島が点々と
海に浮かんでいるばかりなのですが　どの島の
どの家も　何かがどこか　なぜか間違っていて
その謎に芸術性を感じた一人の芸術家が　謎を
解明すべく　小舟と徒歩のみで島々をいまだに
放浪中なのです　彼がこぐ櫓の音色と砂利道を
歩く彼の足音も　いつかは止むことでしょう」
「私の癌の中心にある大きな広場では　住民の

将来を決める重大な民会が今も続いていまして
今日もそこで一人の自称『革命家』が　大きな
声で自説を張り上げているのが聞こえてきます
真に自由な存在となるには　市民全員が自分の
権利を『一般意志』に譲り渡さねばならないと
その男は言うのですが　『一般意志』とは何か
彼自身もちゃんとはわかっていない様子です」
「私の癌の中では　鳥の一群が一糸乱れぬまま
休むことなく飛んでいます　個と全体の調和の
美しさは　秒ごとに形を変え　ある時には液体

ある時には固体　ある時には現実　ある時には
蜃気楼へと転じます　まるで書道の筆のさばき

あるいはバレエのよう　その羽音は永遠です」
女たちが僕の眼前に鏡を差し出す　暗闇なのに
はっきりと　見知らぬ生き物の姿が二つ見える
右の生き物が「あなたのような人が　独裁を
許すのです　元の姿に戻りたければ　他の人の
ために生きなさい」と告げれば　左の生き物が
「こんな社会に加担しては駄目です　抗うのが
恐いのなら　餓死を選ぶか　あえて役立たずの

人生を選ぶか　どちらかにしなさい」と告げる
ぽかんと開いたまま　凍りつく僕の　口の中に
女たちひとりひとりの頭が　小さく縮みながら
吸い込まれていく　と同時に　天井からの紐で
踝の辺りをきつく縛られている彼女らの両足が
静かに吊り上げられていく　まるで僕の口から
数本の長い触手が　闇の中に伸び　ゆらゆらと
揺れながら　先端の毒針で　微量の光の粒子を
捕食しようと待ち構えているかのようだ　鏡の
中のあの生き物にもどこか似ている　いったい

いつになったら　また羽が　持てるのだろうか

些細な神話

眠りに飢えたまま　さまよい暮らす獣たちが　今日も
夕闇にまぎれながら　例のたまり場に群れ集っている

新入りの有無を確認するのが　彼らが毎晩ここに集う
目的なのだが　今宵はそれよりもさらに重大事がある

様々な種類の無数の獣たちが　まるで円を描くように
静かに佇むその中央には　古い金庫がぽつんとひとつ

先ごろ死んだ彼らの仲間の　唯一の遺品らしいのだが
鍵が行方不明のため　扉はもう二度と開きそうにない

死んだ獣は　ここに集う獣たちが過去に見た夢の話を
聞き書きし　一冊の本にしようとしていた伝記作家で

金庫の中には　未完成のままの遺稿とともに　死者が
最後まで大切にしていた何かが安置されているはずだ

今は亡き伝記作家を偲ぼうと　集まった獣たちが声を
唸らせて金庫の扉を開けようとするが　無駄なことだ

そのくせ獣たちは　伝記作家の生涯をほとんどなにも
知らない　伝記を書こうとした　そもそもの目的すら

知らないのだ　「この集団の幸福の地図を描くこと」

「自ら絶滅危惧化した生物の生涯を未来に遺すこと」

伝記作家がどこで生まれたか　そこではどんな神話が
信じられていたか　それを知る獣ももはや皆無だろう

「初めは　雲一つなき青空と何もない大地だけだった
ある日　青空と大地が体を重ね　生命の種をつくった

だが　両者が重なったままだと　種が育つ空間がない
青空を持ち上げ　大地から引きはがしたのは　死だ」

雲一つなき夕空の下　人間に故郷を破壊され　彼らの
癒しのために酷使され　虐待され　実験道具にもされ

薬品まみれにされ　仲間を次々に殺処分され　危うく
食品にされかけ　最後は遺棄された獣たちに囲まれて

金庫は黙ったままだ　悼みの言葉に自信を持てぬまま
亡き仲間の声の前で　懊悩ばかりしている獣のごとく

ここに集う獣たちはみな　伝記作家にどんな夢の話を
自分がしたのか　もはや全く覚えていない　たとえば

幾度も戦争に駆り出され　死線の中を必死で生き抜き
ようやく日常を取り戻したのに　些細な理由で死ぬ夢

あともう少しで　死ぬことがすでに決まっているのに
いつものように歯を磨き　明日の予定を考えている夢

通常の宿主に飼われている間は善なる魂だが　宿主が

変わると途端にその宿主を殺しかねない　折り鶴の夢

貧乏のどん底なのに　独裁者気取りで世の中を語る夢
おもちゃのピストルで何度も自殺し　すぐ生き返る夢

他者の物語を次々に　自らの物語へと加工するうちに
重度のアルコール中毒になってしまった　哲学者の夢

互いの毒で相手を殺しそうなので　性交を一切しない
二人の人間の周囲で　自然界の万物が性交に溺れる夢

旅することを許可されず　旅を妄想ばかりするうちに
妄想の中の旅人に旅の自粛を命じだすストーカーの夢

重要文書をわざと誤訳したことで大量死を引き起こし
意図せぬ誤訳で再び多くの命を危険に曝す翻訳者の夢

人間たちが雨のように天から降ってくるのを見ながら
どの「雨粒」を厳選して救うべきか悩んでいる海の夢

伝記作家なくして　どの夢も存在すらできなかったが
集めた夢の膨大さに　作家が発狂しかけていたことを

獣たちは知らない　伝記完成のためには獣らの全滅が
絶対必要と信じ　その日が来るのを心待ちにしていた

伝記作家の密かな本音のことも知らない　執筆前から
あらかじめ用意されていた起承転結のことも知らない

金庫の中で腐れば腐るほど　遺稿はさらに異様な力を

帯びていくに違いない　その力にあやかりたい一心で

言葉の供養に励む僧侶たちのごとく　金庫の扉の前に
額ずく獣たちの姿は　愛らしいほどに　グロテスクだ

生前の伝記作家と親交が特に深かった獣たちの記憶も
今となっては断片的だ　たとえば「本を書くことは

本との性交であり　同時に本を殺すこと」と述べる姿
「人間の造るものは命を救うが同時に殺す」と語る姿

「他人の前で　自分を説明させられるたび　『私』は
細断され　『私たち』は問い直されていく」と話す姿

「自分の精神がどれだけ崩れていこうとも　最後まで
心の中に残り続けてくれる住処があるはず」と願う姿

金庫を囲む獣たち全ての沈黙を乱し　一頭の新入りが
遅れてたまり場に到着する　遺稿の話を聞かされると

新入りの顔つきがたちまち歪む　笑いをこらえられぬ
様子だ　生前の伝記作家に　会ったことがあるらしい

「あれは偽善者でした」　新入りはなお笑う　「体が
自由に動かず　死にたいと嘆いている仲間に出会うと

誰かが支えてさえあげれば　あの体にも　まだ無限の
可能性があると言いつつ　自分は何もしないのです」

「自分の正義の行いが　他の獣らを傷つけたとしても

巻き込まれた自らをかばうのみで　謝罪なしでした」

「天災は生物全てに平等に訪れると話していましたが
それが強者の言い草だと　自覚できていたかどうか」

「あれは人間に飼われていたスパイです」　新入りが
断言する　「そのために文章力を磨いていたのです」

「皆さんは全員　死んだあの作家の手による産物です
自らの創造物にいま弔われているとは　何と皮肉な」

「伝記作家になる前　あの獣が書いていたのは詩です
どれも観念的すぎて　心に全く刺さらぬ詩でした！」

まるで新入りの言葉が行方不明の鍵だったかのごとく
静かに金庫の扉が開く　獣たち全員に既視感が訪れる

金庫の中に延々と広がるのはどこまでも　どこまでも
青い空と　どこまでも　どこまでも　何もない大地で

重なり合おうとする両者の間に　それをさえぎろうと
立ちはだかっているのは　使い古された一本のペンだ

圧力と浮力の両方に耐えているこの棒に注目せぬまま
「開いた！」と叫ぶ獣たち　狂騒は朝まで続きそうだ

髙野吾朗（たかの・ごろう）

1966年，広島市に生まれる。現在，佐賀市に在住。
英語と日本語の両方で詩作を続けており，これまで英語詩集を4冊，日本語詩集を2冊出版している。

- ▶ *Responsibilities of the Obsessed* （BlazeVOX, 2013年）
- ▶ *Silent Whistle-Blowers* （BlazeVOX, 2015年）
- ▶ *Non Sequitur Syndrome* （BlazeVOX, 2018年）
- ▶ *Sunday Double Suicide* （BlazeVOX, 2022年）
- ▶日曜日の心中（花乱社，2019年）
- ▶百年経ったら逢いましょう（花乱社，2021年）

妻を亡くし，現在独身。三児の父でもある。
なお，本書所収のいくつかの作品の初出は，以下のどちらかの媒体においてであった。そのどちらに対しても，この場を借りて深く感謝申し上げたい。

- ▶詩と批評『ミて』（詩人・新井高子氏が編集人を務める詩誌）
- ▶『原爆文学研究』（髙野も所属する「原爆文学研究会」が毎年刊行している学術誌）

San Gertz Nigel Nina Ricci
正体不明のアーティスト。魔術・錬金術・占星術などに造詣が深く，古代や中世の芸術文化からの影響を色濃く感じさせる作品群を常に制作し続けている。ただしその活動内容は，今なおインターネット上でしか垣間見ることができず，日本人なのかそうでないのか，男性なのか女性なのか，いま何歳で，どんな人生をどこでこれまで過ごしてきたのか，現時点では全てが謎のままである。一部では，「もしかすると架空の人物なのでは？」，「実はもうすでに故人なのでは？」，「AI 搭載の高性能アンドロイドなのでは？」などといった憶測までもが，まことしやかに飛び交っている。近年の代表作としては，ブリコラージュの技法を駆使した「アーティストよ，今すぐ社会へ出ろ」（2021 年），「リヤカーで絵を売り歩く芸術屋」（2022 年）や，写真と音楽と映像をミックスさせた挑発的シリーズ「今の美術館に真の美なんてありゃしない」（2022 年），「今の学校で真の美なんて学べるわけがない」（2023 年）などがある。これまでの髙野の詩集にも，たびたび作品を提供している。

整然たる錯乱、とでも評したいほどの
言葉とイメージの奔流の直中に浮かび上がる
愛と孤独のレッスン
そして〈世界〉との渡り合い方──
著者初の日本語詩集

混沌と騒然の中に
異形の無垢を探し求めていくが如き話法は
独自のフォルムの徹底と相俟って
現実のすぐ向こう、another sky へと我々を誘う──
『日曜日の心中』に続く第二詩集

騎士と坑夫
（きし　こうふ）

❖

2024年11月20日　第1刷発行

❖

著　者　髙野吾朗
挿　画　San Gertz Nigel Nina Ricci
発行者　別府大悟
発行所　合同会社花乱社
　　　　〒810-0001　福岡市中央区天神5-5-8-5D
　　　　電話 092(781)7550　FAX 092(781)7555
　　　　http://www.karansha.com
印刷・製本　大村印刷株式会社
ISBN978-4-911429-01-3